外国动物童话故事

Waiguo Dongwu Tonghua Gushi

皇帝和苍头燕雀

Huangdi He Cangtou Yanque

栗周熊 | 编译

華中科技大學出版社

http://www.hustp.com

图书在版编目（CIP）数据

皇帝和苍头燕雀 / 粟周熊编译. — 武汉：华中科技大学出版社，2017.9
（熊虫故事会）

ISBN 978-7-5680-3212-4

Ⅰ. ①皇…　Ⅱ. ①粟…　Ⅲ. ①儿童故事－作品集－世界　Ⅳ. ①I18

中国版本图书馆CIP数据核字（2017）第181683号

皇帝和苍头燕雀

Huangdi He Cangtou Yanque　　粟周熊 编译

策划编辑： 郭善珊
责任编辑： 李　静
封面设计： 张紫微
责任校对： 北京佳捷真科技发展有限公司
责任监印： 朱　玢
出版发行： 华中科技大学出版社（中国·武汉）　电话：（027）81321913
武汉市东湖新技术开发区华工科技园　邮编：430223
录　　排： 北京欣怡文化有限公司
印　　刷： 北京印匠彩色印刷有限公司
开　　本： 787mm×1092mm　1/32
印　　张： 7.5
字　　数： 109千字
版　　次： 2017年9月第1版第1次印刷
定　　价： 32.00元

华中出版

本书若有印装质量问题，请向出版社营销中心调换
全国免费服务热线：400-6679-118，竭诚为您服务

致小朋友

亲爱的小朋友，你喜欢听童话故事吗？喜欢读童话故事吗？我想，你的回答一定是肯定的：喜欢。因为美丽的童话故事正是为你而编写的呀！从你咿呀学语就开始听妈妈讲童话，到上学识字时又自己读童话，不用说，你肚子里已经装了许许多多绚丽多彩的童话故事，兴许你的小书架上还摆满了各种各样装帧精美的童话故事书呢！而你本人说不定已经是一个讲故事的能手，并在那奇妙的童话世界里找到了自己的朋友：或英俊潇洒的王子，美丽善良的公主，或正义无畏的勇士，解救好人于危难的仙女……

不过我今天要向你介绍的这部童话书里却没有你以前结识的那些朋友，展现在你面前的将是一个完全不同的全新天地——外国动物童话世界。通过这本书，你将漫游世界各国，欣赏奔腾不息的河流，巍峨耸立的高山，幽深的森林，茫茫的草原，领略大自然的慷慨博大和它那迷人的旖旎风光；你将在这里结识好多新朋友：各种珍禽异兽。它们将会十分热情地欢迎你，跟你谈心，教你知识，同你一起远足，爬山，参加各种比赛，甚至带你飞上天空……它们也像我们人一样，在这片广阔的大地上生息、劳作、交往。它们会讲话，会唱歌，还会跳舞。它们有着各自的喜与悲，爱与憎，还有辨别真善美与假恶丑的本领。

一般都认为兔子胆小怯懦，而在这里，有的兔子却像勇士一样无所畏惧，用自己的智慧吓跑林中之王——老虎；聪明的公鸡巧施妙计，骗过狐狸，幸免一死；苍头燕雀制服皇帝，使他从此再也不敢欺压劳动人民……不过，我还得提醒小朋友一句，书中的这些动物并不全都那么善良可爱，譬如，凶狠的胡狼，好忌妒的猫头鹰，以及教狼钓鱼的坏狐狸……

小朋友，你不觉得这个动物童话世界奇妙、有趣而令人神往吗？我相信，你一旦踏进这个动物世界的缤纷天地，定会感到目不暇接，流连忘返……

愿这本书给你智慧，给你力量，给你胆魄，伴你茁壮成长。

编者

目　录

皇帝和苍头燕雀

（格鲁吉亚）

从前有位很厉害的皇帝。他凶狠、残暴，又很贪婪，只要看见臣民有什么值钱的东西，就要抢到手。他只宠爱那些近臣，其余的人都只是他勒索的对象。

那些近臣和皇帝的所有侍从也在敲诈勒索百姓，弄得民不聊生。但要是有人敢去告御状，他马上就会被杀头或遭到终身监禁。

百姓受尽煎熬，不知道怎样才能摆脱这种厄运。

一只苍头燕雀飞到皇宫，落到花园的树枝上，唱道：

“谁的脑袋笨？

皇上。

谁的心狠毒？

皇上。”

接下去他换了个调儿：

“叽叽喳喳，叽叽喳喳，
皇上的脑袋要搬家。”

皇帝大怒，下令抓住这只胆大包天的苍头燕雀。

侍从们跑去抓这只小鸟，他们抓了好长时间，终于抓着了。这只苍头燕雀被带去见皇帝，可他见了皇帝也不发怵，声音反倒更响：

“叽叽喳喳，叽叽喳喳，
皇上的脑袋要搬家。”

“够了！”皇帝喊道，“把他送去宰了，开膛，洗干净后炸好，送到我的饭桌上来。”

侍从们不敢怠慢，回去就把苍头燕雀杀了，开膛，洗干净，用铁钎串起来炸好，送到皇帝的饭桌上。

炸好的苍头燕雀被摆在桌上，可他还唱道：

“叽叽喳喳，叽叽喳喳，

皇上的脑袋要搬家。”

皇帝气得跳起来，抓住苍头燕雀，将他撕成碎片，也没嚼便往肚子里咽。饭后皇帝来到花园散步，所有的近臣都跟在他后面。突然，那只苍头燕雀在皇帝肚子里唱道：

“叽叽喳喳，叽叽喳喳，
皇上的脑袋要搬家。”

皇帝吓坏了。他叫来医生，要他们从他肚子里轰走小鸟。医生让皇帝服了药，苍头燕雀立即开始动弹，眼看就要往外飞。

“他不能活着出去！”皇帝大声说，“你们快抽出军刀和宝剑，站在我周围。只要苍头燕雀一出来，你们就劈他。千万不能让他活着出去。要不然我把你们通通杀死。”

近臣们吓坏了，抽出军刀和宝剑，将皇帝团团围住，等待着。突然，苍头燕雀蹦了出来。近臣们赶紧挥动军刀和宝剑，不过他们并没劈着小鸟，反倒把皇帝的脑袋砍了下来。

这时，苍头燕雀鼓动双翅向上飞起，落到一棵树枝上，唱道：

“叽叽喳喳，叽叽喳喳，
皇上的脑袋搬了家。”

变过猫、狗和老虎的小老鼠

（印度）

俗话说：老虎要是有一颗老鼠心，那他最好别碰上猫。

很早很早以前，有只大乌鸦嘴里叼着一只小老鼠从森林上空飞过，不小心弄掉了猎物。森林里住着一位魔法师，小老鼠正好掉到他脚下。

魔法师一看见小老鼠，立刻把他捡起来，带回自己的小屋。他俩在一起住了好些日子。魔法师供他吃，给他喝，小老鼠日子过得挺自在。但是有一次，小老鼠从小屋里出去，看见附近有只大猫。他嗖地一下逃回小屋，躲在一个角落里坐着，吓得像筛糠似的全身发抖。

魔法师把这一切看在眼里，问他：

“你怎么啦？为什么发抖？”

“哎呀，我的主人，”小老鼠发出几声尖叫，“我在离我们小屋不远的地方遇见一只猫，直到现在我还吓得没魂儿！”

魔法师思索了一会儿说：

“好吧，我来让你变得不再怕猫。你躺下睡觉吧，明早醒来就已经不再是老鼠，而是猫了。”

魔法师说到做到。第二天早上，小老鼠变成了一只猫。

“以后你就不用再怕猫了，现在你也是猫。”魔法师说。

这只曾经是老鼠的猫心满意足地跑出了小屋。

可等他刚打算舒舒服服地晒晒太阳时，突然又看见一只猫。这个可怜的家伙马上就忘了他已经不再是老鼠，而是一只猫了，吓得飞也似的窜回了小屋。

“你怎么啦？”魔法师问，“又让谁给吓着了？”

猫不好意思承认他依旧怕猫，便撒了个谎说：

“我在树林里遇见了狗。他追我，我好不容易才逃脱。”

魔法师又说：

“你躺下睡觉吧，明早醒来你就是一条狗了，那时候你就不会再怕其他的狗。”

事情果真这样：猫早上醒来时发现自己已经变成了一条大狗，他大声吠着跑进了树林。他在附近的一棵树上又看见了一只猫。猫也看见了狗。猫以为狗会马上扑向他，便作好了抵挡一番的准备。只见他鼻子呼哧呼哧直响，抬起爪子并很响地喵了一声。狗听见猫叫，吓得不由自主地奔走逃命。

“这次又是谁吓着你了？”魔法师问。

狗实在羞于启齿说他是让猫给吓着了，于是又瞎编了一通：

“哎呀，我的主人，我在我们的小屋附近遇见了老虎，我到现在都还弄不明白是怎样从他嘴里逃生的！”

“好吧，那我马上采取措施，让你从此以后谁也不怕。你躺下睡觉吧，明早醒来你就是只老虎了。”

果然不错：狗早上醒来时变成了一只老虎。他心想：“我现在已是林中之王，不应再住在魔法师的这间小屋里……我得到森林中去，让全体野兽在我的力量和勇气面前吓得浑身发抖！”

作出决定之后，老虎大模大样地向森林深处走去。

突然他又看见了一只猫，猫也看见了他。猫吓得毛都奓了起来，背弯成弓，眼睛贼亮。

“这下子我算完了！”猫想，“遇着老虎非死不可！”

老虎呢，这只胸中跳动着一颗胆怯的老鼠心的老虎，一瞧见猫那双贼亮的眼睛，马上慌忙逃回魔法师的小屋。

他跑进小屋，躲到最远处的角落里躺着，吓得上牙磕下牙。

魔法师好不惊讶，问他：

“你为什么又发抖？难道我们的森林里还有比老虎更厉害的野兽？”

“有……”老虎的声音勉强可以听见。

“那是谁呢？”魔法师真难以相信。

“那是……那是……那是猫！”

魔法师顿时全明白了，说：

“有着一颗老鼠心的老虎还怕猫，就让他永远当老鼠吧。”

说完，他又让老虎变成一只可怜的小老鼠。

夺太阳记

（俄罗斯爱斯基摩）

很早很早以前，有一次通加基人从冻土带的动物那里掠走了太阳。所有的兽类和鸟类只能在黑暗中过日子，摸黑寻找食物。这样的日子太难熬了，于是兽类与飞鸟召开了一次大会，所有飞鸟和野兽都派代表参加。被公认为最有头脑的大乌鸦在会上说：

“长翅膀和长毛的弟兄们，咱们这种黑暗的日子要过到什么时候？我听老人们说，离我们地面不远处有个深深的地洞，掠走我们光明的通加基人就住在里面。他们用白石容器藏着一个发光的大球。这个大球就叫作太阳。要是能把那个太阳从通加基人手里夺回来，地上就会重现光明。所以我大乌鸦建议派咱们当中最大和最有力气的棕熊去把太阳夺回来。”

“同意，同意！”兽类和鸟类在嚷。

当时耳朵有些背的老猫头鹰正在修雪橇，他问坐在旁边的小雪鸥：

“野兽和飞鸟在说些什么？”

雪鸥回答说：

“他们想派力气最大的熊去弄回太阳。”

猫头鹰说：

“他们那是枉费心机，因为熊只要看见好吃的东西，就把什么都忘光了。咱们还是弄不回太阳。”

这时野兽和飞鸟们听见了猫头鹰的话，对他表示赞同，说：

“的确，熊只要看见好吃的东西，就会把太阳的事抛到脑后。”

大乌鸦又说：

“那咱们就派狼去吧，因为除了熊就数他最有力气和跑得最快了。”

猫头鹰问小雪鸥：

“他们在说什么？”

“他们决定派狼去弄太阳，因为除了熊就数他力气最大和跑得最快。”

猫头鹰说：

“他们那是瞎费心。狼太贪心，只要碰见鹿，就会把鹿咬死吃掉，把弄太阳的事全忘光。”

野兽和飞鸟听了猫头鹰的话，又连声表示赞同：

“的确，狼是太贪心，只要碰到鹿，就会把鹿咬死吃掉，把弄太阳的事全忘光。不过咱们又该派谁去？”

这时一只小老鼠说：

“可以派小兔子去，他最善跳，跑跑跳跳中就能抓住太阳。”

野兽和飞鸟们又嚷嚷起来：

“同意，同意！”

耳朵有些背的猫头鹰第三次问雪鸮：

“他们在嚷嚷什么？”

雪鸮凑到猫头鹰耳朵前大声喊道：

“已经决定派小兔子去弄太阳回来，因为他最善跳，跑跑跳跳中就能抓住太阳。”

老猫头鹰想了想，说：

“小兔子很可能弄得回来太阳，他确实是很善跳，而且也可靠，谁也挡不住这只善跳的兔子。”

小兔子就这样被派去弄太阳，他很快便走上了乌鸦指点的路。

他走了很长时间，终于在前方远处看见一个光斑，他一步步地向那个光斑逼近。

来到跟前，他发现光线来自地底下，从一条地缝向外渗出。小兔子往地缝里望了一眼，看见一个白石容器里果然有个火球，把整个地洞照得通亮。“那就是太阳。”小兔子心想。而在地洞的另一个角落里，软乎乎的鹿皮上躺着好些通加基人。

小兔子从地缝里钻进地洞，纵身一跳到了火球跟前，从石头容器里抓出这个球，两条后腿一蹬，又来到地缝里。

这时通加基人纷纷惊起，便来追兔子。

小兔子用尽全力快跑，不过通加基人已经越来越逼近。于是小兔子用爪子狠击了一下火球，结果火球被击成两块，一块大，一块小。那块小的又被兔子用爪子狠狠一击，结果马上向上升起，贴在天上成了月亮。

大的一块被小兔子稍稍托起，用爪子更有力地一击，也很快向上升去，贴在天上成了太阳。大地一下子变得通明！

通加基人被强烈的光线照得眼睛发花，躲进地洞里，从此再没出来。野兽与飞鸟们都在赞颂勇敢的小兔子，因为是他为大伙儿夺回了太阳。

小老鼠旅行记

（俄罗斯爱斯基摩）

有一次，老鼠奶奶送小老鼠出门旅行，给他烙好几张饼上路吃，并把他送到洞口。

小老鼠大清早出去，晚上才回到家。

“奶奶，”小老鼠大声说，“在我们这一带地方就数我力气最大，最机灵，还最勇敢。”

“你是怎么知道的？”奶奶问。

“我走呀，走呀，”小老鼠说起来，“到了海边。那海大极了。海面上波涛滚滚。但我不害怕，跳进海里游了过去。”

“我知道，我知道那是个什么海！”奶奶笑笑，“那是鹿踩了一脚，蹄印里存下的水。”

“后来我还翻过一座山！”小老鼠说，“那山高极了！山顶上的树都耸入云端。”

“那座山我也知道！”奶奶微微一笑，“水坑过去是一个土墩，上面长有草。”

“我还遇到了两只熊，”小老鼠说，“一只白熊，一只棕熊。他们正厮打在一起。我从他们中间冲过去，把他们推开。”

“那是白蛾和甲虫，这就是你说的熊！”奶奶开心地笑了，然后想了想，又补充说，“不过，对像你这样的一只小老鼠来说，把蹄印当大海，把土墩当高山，把白蛾和甲虫当熊，这也没有什么好奇怪的。既然这些都没能吓倒你，说明在这带地方你还真是力气最大，最机灵，又最勇敢的。”

为什么兔子有一对长耳朵

（俄罗斯曼西）

森林里的兽类中最年长的就是公驼鹿了。一次，公驼鹿和母驼鹿在林中空地上说话。小兔子从这里跑过，听见他俩在说话，便停住脚步，心里想："我倒要听听他们在说些什么。"

他悄悄地凑上前去，躲在一个树墩后面偷听。

"你听我说，"公驼鹿说，"我有犄角，这些犄角我得分给其他兽类。但是兽多角少，我到底该给谁呢？"

小兔子听着，心里思量："我要能弄到犄角倒不坏。我哪一点不如别人？"

"这些角该给谁呢？"公驼鹿又问了一遍。

小兔子刚想开口，母驼鹿已经在答话了：

"你把它们给鹿吧，他跟咱们是亲戚。"

"行，"公驼鹿说，"那些大的给谁？"

母驼鹿刚要搭腔，小兔子已经憋不住了，从树墩后面探出身子来喊道：

“把大的给我，给我吧，大个子驼鹿！”

“你怎么啦，小兄弟？”公驼鹿说，“你要这些角有什么用？”

“有什么用？我才需要角呢！”小兔子说，“我要让所有的敌人见了我都害怕。”

“那好呀，拿走吧！”公驼鹿说着，给了兔子一对犄角。

小兔子高兴坏了，又蹦又跳。这时，突然从一棵雪松上掉下一个好大的松球来，正好砸在他脑袋上。小兔子吓了一大跳，拔腿就跑！可是又谈何容易！那对犄角在树丛中绊来绊去，怎么也拽不出来，吓得他发出一阵尖叫。公驼鹿和母驼鹿笑得前仰后合。

“不，老弟，”公驼鹿说，“我看你是个胆小鬼，而对一个胆小鬼来说，犄角就是再长也没有用。你还是要一对长耳朵吧，也好让大伙儿知道你爱偷听别人说话。”

就这样，兔子没有了角，却长了一对好长好长的耳朵。

小兔和恶鬼

（俄罗斯楚科奇）

一只小兔子跑到森林里，一边玩耍，一边吃着青草。母亲告诉他说：

“不要跑得太远，要不会迷路的！”

小兔子把母亲的叮嘱忘到了脑后，越走越远。一会儿看见一朵小花，一会儿摘下一个云莓果，一会儿惊起一只小鸟，一会儿找到一个鸟窝。他就这样玩得入了迷，都没发现地上有个洞口，结果一下子掉进恶鬼的窝棚里。

恶鬼正坐在家里吃兔肉，他还请客人一同享用。小兔子吓得直哆嗦，说：

“我不吃这种肉！”

“那你吃什么肉？”

“吃鹿肉！”小兔子大声说。

“这好办，我马上去找！”恶鬼从烟筒里出去，随手把烟筒封死了。

小兔子吓坏了，摸着黑想找到一个出口，但找来找去也没找着。他摸到一根粗棍，顺着它往上爬，找到一个小窟窿跑了。

恶鬼弄到鹿肉回来，到处找不到小兔子，撒开腿去追。

小兔往家跑，恶鬼在后面追。小兔子遇到一群鹅。

“鹅呀，鹅呀，救救我吧，恶鬼要把我吃掉！”

有只鹅抬起翅膀来盖住小兔子。恶鬼跑来，问道：

“小兔子在哪儿？”

“他向森林里跑去了。”

另一只鹅对他说：

“要不要我帮你去捉小兔子？”

“要。”

“骑上我吧！”

恶鬼骑到鹅背上，鹅一拍翅膀，飞到了云端，从那里将恶鬼头朝下地往下扔。恶鬼倒栽下来，陷进地里，两条腿向上戳着！现在人们将这两条腿当桩子拴鹿和狗。

鹅将小兔子带回家去找他妈妈和奶奶。

为什么鹌鹑没有尾巴

（非洲埃维）

天神马武给了鸟类翅膀，却没给他们尾巴，说是每只鸟都得自己掏钱去买，还说有一个城市在卖尾巴，每条尾巴要价五科里[①]。

谁没有科里，谁就会没有尾巴。

后来天神还指定了个众鸟集合的日子。

到了指定的那天，众鸟都带来了科里，替自己买了尾巴。就鹌鹑一直不露面，看来他是没钱。

天神可怜起他来了，决定再等片刻，万一他要来迟了呢?

但是到最后鹌鹑也没到，于是天神把他的尾巴卖给了他的敌人野鸽。

野鸽从城里一回来，便在鹌鹑面前显摆起尾巴来了。

---

① 几内亚辅币名。

“城里并不远，你为什么不敢去？要不也可以给自己买上件装饰品什么的，那有多好。”

鹌鹑对此回答说：

“财富还不是勇敢。”

他俩就这样斗起了嘴，直到今天也还在斗。野鸽只要见到鹌鹑便大声喊：

“城里并不远，城里并不远！”

鹌鹑回敬他说：

“财富还不是勇敢！财富还不是勇敢！”

他俩每天就这样争来吵去。

狐狸、兔子和公鸡

（俄罗斯）

从前有一只狐狸和一只兔子。狐狸的房子是用冰砌的，兔子的房子是用树的内皮盖的。春天一到，狐狸的房子融化掉了，可兔子的房子还完好无损，狐狸来求兔子让他进屋暖和暖和身子，结果，却把兔子赶出了门。

兔子在路上边走边哭，迎面跑来了几条狗。“汪，汪，汪！小兔子，你哭什么啊？”兔子说：“你们快走开吧，狗！我怎么能不哭呢？我有一幢树皮房子，狐狸有一幢冰砌的房子，他求我收留他，却把我赶出了门。”“你别哭，小兔子！”几条狗一齐说，“我们去把他赶走。”“不，你们赶不走他！”“不，我们一定能把他赶走！”他们来到小屋前，叫道：“汪，汪，汪！狐狸，你快滚蛋！”可狐狸在炕上回答说：“我只要一出来，管保杀得你们片甲不留！”狗被吓破了胆，跑了。

兔子又边走边哭。一只狗熊迎面走来，问他："小兔子，你哭什么？"兔子回答说："你走开，狗熊！我怎么能不哭呢？我有一幢树皮房子，狐狸有一幢冰砌的房子，他求我收留他，却把我赶出了门。""别哭了，小兔子！"狗熊说，"我去赶走他。""不，你赶不走！狗去赶过，没能赶走。你也赶不走。""不，我一定能把他赶走！"他们去赶狐狸，叫道："狐狸，你快滚蛋！"可狐狸在炕上回答说："我只要一出来，管保杀得你们片甲不留！"狗熊被吓破了胆，跑了。

兔子又边走边哭。一头公牛迎面走来，问他："你哭什么，小兔子？""你走开吧，公牛！我怎么能不哭呢？我有一幢树皮房子，狐狸有一幢冰砌的房子，他求我收留他，却把我赶出了门。""咱们走，我去赶走他。""不，公牛，你赶不走他！狗去赶过，没能赶走他；狗熊去赶过，也没能赶走他。你也赶不走他。""不，我一定能把他赶走！"他们来到小屋前，喊道："狐狸，你快滚蛋！"可狐狸在炕上回答说："我只要一出来，管保杀得你们片甲不留！"公牛被吓破了胆，跑了。

兔子又边走边哭。迎面走来拿镰刀的大公鸡，问他：

“喔喔喔！小兔子，你哭什么呀？”“你走开，公鸡！我怎么能不哭呢？我有一幢树皮房子，狐狸有一幢冰砌的房子，他求我收留他，却把我赶出了门。”“咱们走，我去赶走他！”“不，你赶不走他！狗去赶过他，也没赶走；狗熊去赶过他，也没赶走；公牛去赶过他，也没赶走。你也赶不走他。”“不，我一定能把他赶走！”他俩来到小屋前，公鸡喊：“喔喔喔！镰刀扛在肩，要砍狐狸头！狐狸，你快滚蛋！”狐狸听见了，吓得魂不附体，连忙说：“我在穿衣服呢……”公鸡又喊：“喔喔喔！镰刀扛在肩，要砍狐狸头！狐狸，你快滚蛋！”狐狸又说：“我在穿大衣。”公鸡第三次喊道：“喔喔喔！镰刀扛在肩，要砍狐狸头！狐狸，你快滚蛋！”狐狸跑了出来，公鸡用镰刀砍下他的头，同兔子过起了友善太平的日子。

驼鹿阿卡那

（俄罗斯爱斯基摩）

从前有一只母驼鹿，生下一只小驼鹿。小驼鹿身子还很弱，不能跑得太快。

有一天，母子俩躺在草地上晒太阳。这时过来两只身高体壮的狼，他们看见了驼鹿母子俩。

一只狼对另外一只说：

“伙计，咱们把母驼鹿咬死吧！”

另一只狼说：

“那还用说，得咬死她，这样咱们就不用发愁没肉吃了。”母驼鹿还来不及跑掉，两只狼便扑上去将她咬死，并把她吃掉了。等两只狼吃饱之后，第一只狼说：

“怎么样，伙计，咱们把小崽子也弄死吃掉吧？”

小驼鹿躺在那里听他们说话。只听见第二只狼对第一只说：

“等些日子吧，让他再长大一些吃也不晚，他现在可是又小又瘦啊。”

两只狼给小驼鹿取名叫阿卡那，决定等他长大后再说。

接着两只狼把阿卡那留在原地，跑去猎捕其他驼鹿。

“糟糕，”阿卡那想，“我现在得长力气，否则就完蛋了！”

他爬起来，吃力地登上一座山，再从山上下到深谷里，从深谷又登上另一座山，再从山上下来，又登上第三座山。他一整天就这么上山下山来回爬，然后回到狼留下他的那个地方躺下。很快狼也到了。狼和阿卡那在这个地方住了下来。

每天狼都出去打猎，阿卡那则天天爬山，借以增强体质。

多少天过去，阿卡那已经长大。这时一只狼对另一只说：

“怎么样，咱们现在把小驼鹿弄死吃了吧？”

“行，下手吧！”另一只狼表示同意。

但阿卡那这时对他们说：

“你们先别忙，要吃掉我什么时候也来得及，不过最好咱们先比试比试，看谁力气更大和跑得更快！”

阿卡那撒腿就跑，狼在后面追。阿卡那爬上山，从山上下到深谷，再登上另一座山，就跟他过去每天那么跑上跑下一样。

两只狼在他后面追呀，追呀，直追得筋疲力尽，看来他们是追不上驼鹿了。这时头一只狼说：

“这个阿卡那原来还很瘦嘛，不值得去追他！”

另一只狼回答说：

“就是，让他跑好了，谁也不稀罕他！”

阿卡那就这么活下来了。

有一年冬天，所有的动物聚集起来要试试阿卡那的体力。熊瞎子向他走去，要和他摔跤。阿卡那用那对力大无穷的犄角将熊瞎子挑起，往上一抛。从此，所有的动物都不是阿卡那的对手。

一次，阿卡那正躺着休息，几只棕熊发现他便走了过来。等他们认出是阿卡那时，连忙拐弯走了，还说：

“那是阿卡那在假装睡觉呢！”

其实呀，说不定当时阿卡那还真是睡着了呢。

找太阳
（斯洛伐克）

一次，乌云遮满天空，太阳有三天没露面了。

小鸡们不甘寂寞，便问：

“太阳跑去哪儿了？得叫他赶快回天空！”

“你们上哪儿去找他？”鸡妈妈连声说，“难道你们知道他住在什么地方？”

“我们不知道，不过鼻子底下长着嘴，可以问。”小鸡们说完便上了路。妈妈让他们带上一只小口袋和一个小提包，里面装满了干粮。

小鸡们走呀，走呀，看见篱笆上落着一只喜鹊。喜鹊一看见小鸡们，马上飞过来叽叽喳喳地说开了：

“你们这是上哪儿呀？”

“太阳藏起来了，”小鸡们回答说，“他已有三天没在天空露面了。我们去找他。”

“我也同你们一起去！”

“你知道太阳住在什么地方吗？”

“我不知道，说不定兔子知道。他就住在离这儿不远的一棵树后面。”

兔子看见来了客人，赶紧正了正帽子，捋了一下胡须，开门迎客。

“兔子,兔子。”小鸡们忙打招呼。喜鹊也急声说:“你知道太阳住在什么地方吗？”

“我不知道，我的邻居鸭子有可能知道。咱们去找他吧。”兔子把大家带到一条小河边。鸭子的家就在河里的芦苇丛中。他的房前系着一叶独木舟。

“喂，鸭子，在家吗？”

“在家，在家，”鸭子一阵嘎嘎叫，“只是身子老干不了，太阳有三天没露面了。”

“我们正要去找太阳！”小鸡、喜鹊、兔子喜滋滋地说，“你知道上哪儿能找到太阳吗？”

“我不知道，可河对岸有只刺猬，他没准知道。”

于是大家乘独木舟到对岸去找刺猬。刺猬正坐在一棵有窟窿的山毛榉树底下打瞌睡。

“刺猬，刺猬，”小鸡、喜鹊、兔子和鸭子同声喊道，“你知不知道太阳住在什么地方？他已有三天没露面了，是不是病了？”

“我可真不知道，”刺猬回答说，“这后面有一座大山，山上有云彩，云彩上面是银光闪烁的月亮，他离太阳很近！”刺猬拄根棍子，把帽子低低地拉到额前，走在前面带路。

他们来到高山顶，云彩就浮在山巅上。大家爬到云端上坐好，直接飞到月亮那里做客。

弯弯的月亮看见他们，马上发出闪闪银光。

“月亮，月亮，”小鸡、喜鹊、兔子、鸭子和刺猬喊道，“请你告诉我们太阳住在什么地方！我们有三天没见太阳了，很想他。”月亮把他们带到太阳那里。太阳家里昏暗一片，他看来是睡过了头，还没醒过来。

于是，喜鹊叽叽喳喳地叫起来，小鸡们吱吱叫着，鸭子嘎嘎叫，兔子劈劈啪啪地拍打耳朵，刺猬用棍子猛敲门。

“太阳，太阳，你快出来放光芒吧！”

“谁在那里乱叫，害得我都睡不成觉？”太阳很不高兴。

“是我们：小鸡、喜鹊、兔子、鸭子，还有刺猬。我们来叫你起床，天早亮了。”

“唉！……”太阳高声抱怨说，“我怎么出去呢？乌云把我藏在这里，要哄我睡觉，现在我可发不了光……”

兔子听太阳这么说，赶紧去提来一桶水。鸭子用水浇太阳，刺猬用刺儿刷洗，喜鹊用毛巾擦拭，小鸡们则用自己的绒毛把太阳擦得锃亮。

太阳干干净净地走出家门，全身放射出灿烂的金光，到处都变得明亮而温暖。

鸡妈妈也出来晒太阳，咕嗒咕嗒地召唤着小鸡们。小鸡们就在近旁，跑来跑去到处找食。

谁要是不信，就请看看小鸡们在院子里做些什么吧！

白鸽与小羊

（俄罗斯）

有个牧童每天赶着数百只羊在草原上放牧。

这群羊中最小的一只最顽皮。他不是在前面跑，就是落在后面，要不就是专往旁边钻。

有一次，羊群在草原上走着，那只最顽皮的小羊又一头钻到一棵小树下面。牧童跑过去，朝树下一看，看见一只受伤的白鸽在那里挣扎。他用一只手把受伤的白鸽抱在怀里，带回家去精心护理。

一个月后，白鸽的伤终于痊愈。以后牧童每次到草原去放牧，都要带上白鸽。白鸽特别喜欢他的小恩人——那只顽皮的小羊。他一会儿落到牧童肩上，一会儿又落到小羊的背上。他们成了形影不离的朋友。

一天，小羊又随羊群来到草原上。牧童赶着羊群已经走了很远的路，累得筋疲力尽，中午时分不知不觉躺在地上睡着了。

这时，顽皮的小羊又离开了羊群，跑到别的地方去吃草。但是，无论他走到哪里，白鸽总是跟着，像个卫士一样一刻也不离开他。

小羊越走越远。突然，从草原附近的树林里蹿出来一只狼，他一看小羊独自在这里吃草，便一头扑了过来，小羊吓得咩咩直叫，朝着羊群跑去。

在这紧急关头，白鸽迅速飞到正在熟睡的牧童跟前，用力在他脸上拍打翅膀。牧童顿时惊醒，起来一看，小羊不见了。他知道事情不妙，赶紧提起牧羊鞭，随着白鸽飞快地跑向出事地点。

此时此刻，那只狼眼看就要追上小羊。白鸽率先追上那只狼，用坚硬锋利的喙猛啄他的眼睛。"噗"的一声，狼的眼睛被白鸽啄瞎了一只。狼疼得满地打滚，他再也顾不上小羊，小羊逃回了羊群。牧童追了上去，用鞭子狠狠抽打那只狼，终于把他打死了。

白鸽和小羊又欢欢喜喜地一同在草原上玩耍。白鸽一会儿飞向蓝天，一会儿落到小羊的背上，一会儿又落到牧童的肩上。

他们仨从此再也不分离。

胡蜂和燕子

（蒙古）

很早很早以前，残暴的鸟王有一次突发奇想，很想知道地上谁的肉最香。他叫来胡蜂和燕子，对他俩说：

“你们到地上去，弄清楚谁的肉最香。”

胡蜂和燕子落到地上。那天阳光明媚，天气晴和，燕子早把鸟王交办的事忘到了脑后。他在云端上高高地翱翔，哼着欢快的歌晒着太阳。

狠心的胡蜂却很会抓紧时间。只要谁碰上他，他就狠蜇人家，尝尝他们的肉味道如何。

很快夕阳已经西下，胡蜂和燕子该回去向鸟王汇报了。路上燕子问：

“你弄清楚谁的肉最香了吗？”

“弄清楚了，”胡蜂回答说，“人肉最香。以后大王就该天天吃人肉了。”

燕子心里很不是滋味。他边飞边琢磨，怎样才能使人免遭这种厄运。

“你说说，”燕子又问，“你是怎么知道人肉最香的？”

胡蜂回答说：

“当你边飞边唱时，我在工作。我谁都蜇过了，骆驼、公牛、马、蚁、狗、狐狸和人都蜇过了，结果发现人肉最香。”

燕子更感到伤心，说：

“我累了，不能再往前飞，咱们歇一会儿吧！”

他俩落在一个枝头上，燕子请求道：

“让我看看你的刺，我还从来没见识过胡蜂的刺呢。”

胡蜂张开嘴，燕子突然上前啄了他舌头一下。胡蜂疼得乱叫，不过谁也没听见，只听见一片嗡嗡声。

他们来见鸟王。

胡蜂在鸟王周围飞来飞去，用尽全力嗡嗡叫，就是说不出话来，因为舌头没有了。

“我什么也听不懂，”鸟王气乎乎地说，“就听见你嗡嗡叫。你说，燕子，到底谁的肉最香。”

“蛇肉最香。”燕子说，“谁只要吃过一次，别的肉就连看都不想看了！”

鸟王听了燕子的话，开始到处捉蛇。

如今世界上的鸟王家族里就只剩下一种老鹰。他们只要见到蛇，就马上把他捉住送进窝里。因为他们认为地上就数蛇肉最香。

库列托和乌鸦

（菲律宾）

库列托[1]歌唱得很动听，甚至有人想要教他说话。那时他的小头上还长着厚厚的羽毛，而不像现在那样光秃秃的。那时候乌鸦也不是黑的，他的羽毛像雪一样白。

很早很早以前，那次大洪水过后不久，乌鸦落在枝头上正兴高采烈地哑哑叫着，旁边飞过一只库列托。他听见乌鸦的声音那么刺耳、嘶哑，便笑话她说：

“早上好，乌鸦大姐。你唱得真是太妙了，妙得叫人非堵上耳朵不可！”

“你最好瞧瞧自己吧，”乌鸦回敬说，“尽管我嗓子不好，但我强壮有力。你为什么不笑话自己呢？瞧，你那一副弱不禁风的样子。”

“我弱不禁风？”库列托好不气愤，“你说我弱不禁

① 一种秃顶的黑色小鸟。

风？！我甚至敢跟老鹰比谁飞得快！”

“哈——哈——哈！”乌鸦哈哈大笑，“你都不敢跟我比，还敢跟老鹰比？！”

“不敢跟你比？！”库列托大声叫道，“非得叫你丢人现眼不可！”

“你还得多吃些米饭，多喝些水，多吸进些空气，再长大一些，然后才谈得上跟我比。”

“不能以个子来衡量力气。”库列托说，乌鸦的话太伤他的自尊心了，“难道你不知道最小的辣椒最辣吗？”

“好呀，”乌鸦回答说，“只要你愿意，那咱们来比一比吧。”

“一，二，三！”库列托数着，他俩直插云端。

正飞着，他们碰上了乌云，迷了路，也找不到彼此了。库列托急急忙忙往上飞，头重重地撞在天门上，撞得头顶上的羽毛全掉光了。乌鸦迷路以后，来到离太阳很近的地方，羽毛都被烤焦了。

这次比赛的结果：库列托的子孙后代都成了光头，乌鸦的子孙后代的羽毛都是黑的。

跳蚤和皇帝

（法国）

从前有个残暴的皇帝，人民恨透了他。但是他有钱，又有军队，所以也奈何他不得。

这个皇帝什么本事也没有，就只有坏心眼，而且这些心眼一个比一个坏。

这些事情让一只好心肠的跳蚤知道了，他决心要教训一下这个专制的君主。

一天晚上，皇帝刚要入睡，就觉得身上像是被什么东西刺了一下。

“哼，是什么东西咬我？”他大声喊着。

“是我，一个想让你弃恶从善的小跳蚤。”跳蚤回答说。

“一只跳蚤？你好大胆！我非得把你抓起来不可。”

皇帝气冲冲地从床上爬起来，抖了被子又抖床单，就是找不到跳蚤。原来跳蚤藏在他的胡子里了。

皇帝又上床睡觉。可刚一挨着枕头，跳蚤又钻出来咬了他一口。

“你这可恶的小虫，还敢再来咬我！”他歇斯底里地喊着，“你还没有沙粒大，却竟敢来咬我这个世界上最伟大的皇帝！”

跳蚤根本不理睬他，还继续咬。皇帝一夜没睡好，第二天一大早就命令侍从们在宫殿里里外外进行一次大扫除，还用显微镜对他的卧室和卧具做了一番彻底的检查。但是他们都没能发现跳蚤，因为跳蚤藏在皇帝的衣领下面。

那天晚上皇帝早早上床，想好好地睡一觉。

“又是谁在咬我？”他被狠狠地咬了一口，忍不住尖声叫了起来。

“是我，跳蚤！”

“你想干什么？”

“我要你听我的，不许欺压老百姓。”

“我的士兵在哪儿？我的大臣、我的将军又在哪儿？叫他们马上来！”皇帝大声喊着。

士兵、将军和大臣匆匆赶到，把皇帝的卧室拆的拆，卸的卸，找遍了各个角落，但还是找不到跳蚤。这一次他藏在皇帝的头发里。所以当皇帝换房间睡觉时，跳蚤仍拼命咬他，弄得他没法合眼。

第三天早晨，皇帝大发雷霆，下谕全体臣民都来消灭跳蚤，然而他一直无法逃避那个勇敢的小跳蚤的进攻。皇帝想打死他，结果反倒把自己身上打得青一块，紫一块。由于没法睡觉，他身体越来越虚弱，气色越来越不好，看来命都快保不住了。

跳蚤再咬他时，他只好说："我认输，我听你的，请吩咐吧。"

"不许欺压老百姓，让他们过上幸福的生活。"跳蚤说。

"那我该怎么办？"皇帝问。

"马上离开这个国家。"跳蚤说。

结果，皇帝只好灰溜溜地滚蛋。从此，老百姓自己管理自己，过上了安居乐业的生活。

剽悍的公鸡

（摩尔多瓦）

从前，有个老太婆有只公鸡。他一点儿也不听话。早上，其他公鸡都在打鸣，他却在睡大觉。夜里，其他公鸡都在睡觉，他却打鸣。邻居们都烦透他了，纷纷来找女主人说：

“你那只公鸡真浑！快把他宰了吧！免得他吵得我们睡不成觉，而且你自己也会更清静些。”

老太婆舍不得宰公鸡，不过邻居老来找也让她厌烦。于是，她把公鸡送进深山密林，就将他留在那里。

“你走吧，”她说，“给自己再去找个男主人或女主人好了。”

公鸡愉快地哼着歌儿，在树林里走呀，走呀。迎面走来一只兔子。公鸡问他：

“喂，大耳朵兔子，你知道森林的主人住哪儿吗？”

“不知道，”兔子回答说，“我自己也找他两天了。”

“那咱们一起走吧！”

他俩走呀，走呀。迎面来了一只狐狸。

“狐大姐，你知道森林的主人住在哪儿吗？”

“怎么能不知道呢！当然知道了！他是我的干亲家。”狐狸回答说。

“你不会骗我们吧，狐大姐？”兔子胆怯地问。

“瞧你说的，小兔子！我们狐狸从不骗人。”

公鸡和兔子信了狐狸的话，跟着他一同去找森林的主人。

他们走呀，走呀，最后来到一幢小屋前。狐狸说：

“你们先在这里等一等，我进去叫他出来。”

他俩等呀，等呀，狐狸终于出来大声说道：

“森林的主人不在家，你们进屋去等等他吧！”

公鸡和兔子一进屋，狐狸马上把门插上，发出一声狞笑，说：

“我正愁没午饭呢，谁想到午饭自己送上门来了。而且是多么可口、多么令人垂涎欲滴的午餐啊！我好久都没吃过兔肉和鸡肉了。”

兔子开始苦苦哀求狐狸：

“你别吃我们吧，狐大姐，我们这辈子也忘不了你的大恩大德。”

可狐狸一阵哈哈大笑。她坐上一锅水，等水烧开。

这时公鸡突然一拍翅膀，飞到长凳上，大声叫道：

“救命啊！我们着火了！喔喔喔！着火了！”

狐狸回头一看，公鸡火红的尾巴在夕阳下闪闪发光。她还以为真是失了火，赶忙跑出屋，一溜烟跑进树林。

“哎哟哟！我们着火了！”她连声喊，“我们着火了！大家快来帮忙救火呀！”

公鸡和兔子也在跑，只不过他们是向另一个方向跑的。

“我再也不去找森林的主人了。”兔子说着全身还在颤抖不已。

公鸡也不想再去找森林的主人了。这段时间他学乖了，决心回到老太婆那里去，听女主人的话，像所有的公鸡那样早上打鸣，夜里睡觉。

怪不得俗话说：“在家千日好，出门一时难。”

说大话的公鸡

（俄罗斯阿第盖）

母鸡孵出一窝小鸡。他们一天天长大，于是母亲决定教会他们怎么找谷粒。她把这些小雏带到一块踩得光光的不大的空地上。公鸡看见了，走过来。

“谁叫你把孩子带到这里来的，”他说，“光地上能找到吃的吗？你们只会在这里白耽误工夫。咱们最好到树林里去，那里才开阔呢，地上有的是谷粒……”

“当然啦，树林附近是方便，可是那里不安全，”母鸡回答说，“老鹰要来抓走我的孩子，那时我该怎么办？”

“有我在你不用怕！”公鸡说，“叫老鹰来好了！我只需抖开羽毛，拍拍翅膀，保管叫他这辈子也别再想来弄走小雏！”

母鸡信了公鸡的话，带孩子到树林里去了。但是还没等他们走到林边，一只大鹰突然俯冲下来。

“喔——喔——喔！”公鸡吓坏了，“喔——喔！”他很快钻进树丛里。

“孩子们，快上我这里来，快！唉，我的心都快碎了！”母鸡一阵慌乱。

小雏听见她惊慌的呼叫，急忙向她奔去，她则用翅膀和胸护住孩子，匍匐在地上。

老鹰转了一圈，飞走了。他显然没发现什么。公鸡在灌木丛里待了很久，然后小心翼翼地伸出脑袋，确信危险已经过去，才趾高气扬地走到空地上来。

“亲爱的公鸡，你刚才跑哪儿去了？”母鸡问他，“你答应过要保护小鸡，原来却比他们还胆小！”

“喂，你给我住口，母鸡！”公鸡神气活现地回敬说，“你要是看见这只老鹰去年春天差点儿没要了我的命，就会明白我的处境了。我一眼便认出了他，决定还是躲起来为妙，但是我一点儿也不怕他。”

说着，公鸡还威风凛凛地用爪子刨了刨地。

金角鹿

（拉普人）

有个老头捏了个泥人，捏好后把他立在窗台下，然后对老太婆说：

“你看看我捏了个什么样的人。”

老太婆向窗外瞅了一眼，泥人这时却活了过来。

老太婆吓坏了，说：

“老头子，你都干了些什么呀？他马上就会把我们吃了的。”

此时窗外传来咚咚咚的声音，这是泥人的脚步声。

门开了，泥人进了屋。

他东瞧瞧，西看看。看见老头正坐在一个角落里织渔网，老太婆在修补。

泥人抓住老头和老太婆，一口就把两个人连同他们的胳膊、大腿和渔网都吞了下去，然后向外走。

几个姑娘扛着扁担从大街上走过，他过去把她们也吃掉了。

迎面过来三个提着草莓的老太婆，他把这些老太婆连同草莓一同吃下，又朝前走。

他一看，有三个渔夫在修船。他过去把三个人连船一同吃下，又朝前走。

前面有三个樵夫在砍柴。他过去把三个人连斧头一同吃下，又朝前走。

他走呀，走呀，发现前面是一座山，山上有一头幼鹿在吃草。

泥人对鹿说：

“我要吃掉你。”

小鹿在山上回答他说：

“泥人，泥人，请你站在山脚下，把嘴张得大大的，我就直接从山上跳到你嘴里。”

泥人正求之不得呢。

“嘿嘿！”他笑了。

接着他在山脚下站好，把嘴张得老大，眼睁睁地望着，看小鹿怎样往他嘴里跳。

说时迟，那时快，小鹿纵身一跳，鹿角“咔嚓”一声向他的肚皮撞去。

“哗啦”一声，泥人被撞得粉碎。

只见他吃下去的那些人一个个都爬起来往家跑。老头和老太婆拉着渔网，姑娘们扛着扁担，老太婆们提着草莓，樵夫们扛着斧头，渔夫们抬着小船，飞快地向前跑。小鹿在后面紧跟。

这时姑娘们送来金粉，男人们给小鹿的鹿角上涂上一层金色，于是从那时起小鹿便成了一头金角鹿。

麻雀和狗

（俄罗斯）

一只麻雀待在大门上，看见过来一只狗，便问道：“老兄，你怎么走路东倒西歪的？”“老弟，我已经饿了两天了。”麻雀说：“那咱们走，我去找东西让你吃个饱。”他说完朝着集市上飞去。他先飞到肉摊上，跳上柜台，给狗扔去一块肉。狗吃完后说：“想吃面包。”麻雀又飞到面包摊上，扔了一块面包给狗。然后他俩又到了奶铺，麻雀扔给狗一罐奶。狗喝光舔净，便同麻雀再回到大门前。麻雀落在大门上，狗则在门前四肢伸开地躺下来。

有个农夫驾着两匹马拉着一只酒桶过来，大声喊：“狗，你滚开，要不我压死你！”麻雀说：“你敢压死我的朋友，我管保叫你没好下场。”农夫赶车过去，压死了狗。麻雀马上落到酒桶的龙头上，拧开，酒便流了一地。农夫说：“你真是坏透了！”接着麻雀落到马身上，开始啄马。农夫举起斧头，朝麻雀砍去，但没砍中，反而把马砍死了。麻雀落到另一匹马身上，又开始啄马。农夫又举起斧头，朝麻雀砍去，又把另一匹马也砍死了，麻雀却安然无恙。

农夫没马可骑，只好步行。麻雀飞走了，落到农夫的地头去啄吃他的黑麦。农夫回到家，婆娘马上问他："你给我买头巾，给孩子买饼干了吗？""别来缠我，达丽娅。"

这时孩子们跑来说："爸爸，麻雀在啄吃我们的黑麦。"他说："这八成又是那个坏蛋。"麻雀飞到窗台上，说："这还不算什么呢！我非要叫你替我的朋友偿命不可。"

麻雀被捉住了。农夫说："是杀死他，还是生吞下去？"孩子们说："生吞下去不好。"最后决定杀死他。农夫拿着他，由婆娘用斧头劈，结果麻雀没劈着，反倒砍去了农夫一只手。

麻雀飞走了，农夫也送了命。

不怕狼的兔子

（吉尔吉斯斯坦）

在高耸入云的阿拉套山脚下，一条大河的岸边有一片茂密的灌木林，林中的洞里住着一只好吹牛的兔子。

“我不怕狼，”他喊着，“狐狸就更不怕了。”

有一次，兔子正在夸海口，突然跑来一只狼，发出阵阵嗥叫。

吹牛大王吓得浑身哆嗦，拔腿便跑，意外地撞到狼脑袋上。

狼一时懵了，也吓得够呛，赶紧溜掉了。

兔子躲在灌木林里，在那里一直待到天黑。

晚上他回到自己洞里，大言不惭地问兔子们：

“我的朋友，你们怎么样，都还活着？没被狼吓坏吧？”

“你怎么样呢？安然无恙吧？你原来还是个真正的

勇士啊！奋不顾身地向狼扑去，朝他脑袋上狠狠地撞了一下，疼得他都嗥起来了。而且你好像还追了他一段路。快说说，你把他怎么样了？”

吹牛大王正等着别人问他呢，于是开始胡诌起来：

“一开始我追上了他，狠狠地朝他的臀部撞了一下，撞得他马上坐下。后来我又给他的脑袋上一下，脑浆顿时四下迸出。”

兔子们对他的勇敢惊羡不已。

“你救了我们大伙儿，我们今生今世都忘不了。以后你要是能把狐狸也干掉，咱们就绝对安全了。”

“狐狸我也一定要干掉。”好吹牛的兔子环顾左右，看没有别人在场，说，“不管在哪儿遇见他，我都要咬死他。用他的皮来当褥子。你们就信我的话好了。”

那些傻乎乎的兔子还真信了他的话。

母鸡和大象

（尼日利亚）

母鸡和大象争得不可开交。

“我能比你吃得更多。”母鸡说。

“哼！你们听听这无耻的谎言吧！”大象说。

“要不咱俩去比试比试？”母鸡提议。

他俩去了热带稀树干草原，一直放牧到毒日头暴晒的中午。这时，大象说：“咱们去喝口水，歇一歇吧。”

母鸡没有异议。大象找了个背阴的地方躺下，母鸡开始刨土。她突然看见大象眼睛跟前有只大壁虱，便扑过去啄了一口。

“不，不，母鸡！你别碰我！”大象吼道，“难道你刚才在草原上还没吃饱，现在还想吃我的眼睛？”说着，大象跑开了。

在这场争论中，母鸡就这样轻而易举地取得了胜利。

公牛和鹪鹩

（卢日支）

有一次，牛倌把几头母牛赶到牧场，有一头公牛死乞白赖地跟了去。牧场上长有一些不高的灌木，鹪鹩在里面筑窝。公牛看见了鸟窝，便走过去触它，想吓一吓小雏。

晚上，老鹪鹩回到家，小雏们把事情经过一五一十地告诉了他。

“好，你们等着吧，我非得教训教训他不可，叫他这辈子也忘不了触人家的窝是什么滋味！”父亲安慰这些小雏。

第二天他留在家里。等公牛向灌木林走过来，老鹪鹩便朝他飞去，在他的上空盘旋，啄他，胳肢他，把他整治得像头疯牛似的满牧场里东奔西突，所有的母牛都被他赶回了家。

就从那时起，公牛再也不敢走近鹪鹩的窝。

龇牙不是笑

（缅甸）

有一次，猴子到河边喝水。河中冷不防蹿出一条鳄鱼，将他抓住。猴子疼痛难忍，龇开闭得紧紧的牙齿。鳄鱼见状想道：“看他那样子不仅不怕我，还乐呢！”

“喂，长尾巴猴子，你笑什么呀？”他问。

“我笑你这个水中怪物太傻，而且还从来没抓过猴子。”

“你这个丑八怪为什么这样看待我？”

“这个嘛，你这个酒囊饭袋，因为我们猴子的灵魂不长在体内，而是藏在尾巴上。其他鳄鱼抓猴子都是先把尾巴抓住。你呀，真是个大饭桶，却是拦腰抱住，可又奈何我不得。我就是因为这个笑你。”猴子回答。

鳄鱼信了猴子的话，张开嘴，好去咬住他的尾巴。但猴子这时用两条腿顶住鳄鱼的鼻子，一蹦蹦到了岸边，一溜烟跑到安全地带，大声喊道：

“喂，你这个没头脑的家伙，现在该明白我为什么笑了吧？我不是笑，那是疼得龇牙咧嘴罢了。对不起，既然你是个糊涂蛋，那就什么也捞不着了。”说罢，猴子消失在森林之中。

从那时起，就有了“龇牙不是笑”的说法。

爱吹牛的兔子

（俄罗斯）

很早很早以前，森林中有只兔子。夏天他还好过，冬天就难熬了，他只好时常跑到老乡的谷场山去偷燕麦充饥。

一天，他来到一个老乡的谷场，可那里已经有了一大群兔子。他便对着他们吹起牛来了。

“我的胡须、爪子和牙齿可不一般，都是特大号的，所以我见谁都不发怵。”

那群兔子把他吹牛的事告诉了乌鸦大婶。乌鸦大婶跑去找这只爱吹牛的兔子，在一个树墩下面的洞穴里找到了他，把他吓坏了。

“乌鸦大婶，我以后再也不吹牛了！”他赶紧声明。

“你都说了些什么？”

“说我的胡须、爪子和牙齿都不一般，都是特大号的。”

只见乌鸦轻轻地拍了拍他，说：

“你可不要再吹牛了。”

有一次，乌鸦落在篱笆上，有几条狗从下面把她抓住，正准备要把她撕成碎片时，兔子看见了。

“怎样才能帮乌鸦大婶脱险呢？”

他一蹿蹿到一个土墩上，坐下来。众狗看见兔子，扔下乌鸦去追他。乌鸦又飞回篱笆上，兔子也躲开了狗的追击。

不久，乌鸦又碰见了这只兔子，对他说：

“你真行！你不是吹牛大王，而是个真正的勇士！”

贪得无厌的狼

（俄罗斯）

老两口住在红山上，有一只母狗、一匹母马、一头母牛和一个女儿，还有羊和鹅。一只狼来找到他们，说："呜，我想吃东西！呜，我想吃东西！"老头子问："老婆子，老婆子！狼来了，咱们该给他什么东西吃呢？"老太婆说："给什么东西？就给母牛吧。"

他们把母牛给了狼。狼把她弄到树林里吃了，又来到红山找老头子和老太婆。他又说："呜，我想吃东西！呜，我想吃东西！"老头子问："老婆子，狼来了。咱们该给他什么东西吃呢？"老太婆说："给什么东西？就给母马吧！"

他们把母马给了狼。狼把她弄到树林里吃了。过了一阵，狼又来到红山，说："呜，我想吃东西！呜，我想吃东西！"老头子问："老婆子，咱们这次该给他什么东西吃呢？”老太婆说：“该给什么东西？就给母狗吧！”

他们把母狗给了狼，后来又给了女儿。狼都把她们弄到树林里吃了。

过了一阵，狼又来了，说：“呜，我想吃东西！呜，我想吃东西！”老头子问：“老婆子，咱们现在没东西了……都被狼吃光了，咱们还送他什么呢？”

老头子拉上老太婆，把她也送给了狼。狼把她弄到树林里，家里就剩下老头子一人。

过了一段时间，狼又来了，说：“呜，我想吃东西！呜，我想吃东西！”

老头子这下子可吓坏了。他插好门，爬到炕上，手里攥着一把尖刀，坐在那里等狼来找他。

狼来了，撞开门径直上炕去找老头。老头一跃而起，一刀朝狼的肚皮捅去。结果，老太婆、女儿、母牛、母马、母狗及其他所有的一切都从狼的肚子里面蹦了出来。

老两口又在红山上过起了日子。

犀牛母亲考验新姑爷

（非洲布须曼）

银狐狼和犀牛有两个女儿。当犀牛母亲在地里干活时，先是胡狼，然后是鬣狗，最后是猞猁，来向他们的大女儿求婚。

只要一来求婚的，小女儿就马上跑去找母亲，告诉她这个消息。

犀牛母亲对她说：

“快去把我的短犄角拿来！”

犀牛母亲带上短犄角后便向家里跑去。这时姑娘的父亲银狐狼赶紧告诉客人，他们很快就要倒霉了，因为犀牛母亲的犄角很锋利。客人一听赶紧溜掉。

这次是豹来求婚。

小女儿又跑去找母亲，对她说：

“新来的客人可不像前几位。”

这时母亲说：

“你快去取我的长犄角来！”

犀牛母亲去会见豹，但豹没像前几位那样吓得溜掉，而是一动不动地站在那里。犀牛母亲凶神恶煞地向他冲去，可他还是纹丝不动。

大女儿都生母亲的气了，怪她母亲太无礼。

这时犀牛母亲才说，豹经受了她的考验，长犄角也没能吓倒他。

就这样，她高高兴兴地把大女儿许配给了豹。

寻猴王记

（缅甸）

从前有一对老年夫妇。他俩在地里种上各种庄稼，夜以继日地劳作，土地也很肥沃，但日子还是过得紧巴巴的，终年不得温饱。因为庄稼刚一成熟，各种鸟类、野兽就都来了，把庄稼糟蹋得不成样子。其中最大的祸害是猴子，所以老头拿定主意要教训一下他们。

老头子决心要抓住猴子，并且想出了一条妙计。他叫老太婆煮好四岁亚①的烂豆，放凉。然后他再把煮得又稠又臭的豆粥拿到地里，涂在自己身上，结果弄得全身都是死人气味。最后他躺在地中间，装成死人的模样。老头在地里躺了一天一夜。天亮的时候猴子来了，来了一大群，正好有五百只。他们来到老人身旁，停下来仔细打量，看见老人一动不动，闻到的是一股死尸味，便

① 缅甸辅币名。

认定老人已经断气，决定抬回去献给猴王，因为猴王爱吃人肉。

他们抬着老人爬高山，穿峡谷，过河滩，从这棵树蹦到那棵树。一路上，老人也受尽了颠簸之苦，但他始终一动不动，因为他的目标是要抓住猴王。

猴子们终于把老头子抬到宿营地，并且马上抬去见了猴王。猴王自然是喜不自胜，下令举行一次庆宴。正当臣民们取来金银器皿，把一切都准备妥帖，将全身涂满豆粥的老头抬到猴王跟前时，老人突然跳将起来，抓住了猴王，并且眨眼的工夫就把他手脚都捆绑得结结实实。

老人将猴王绑好后，给了他一顿臭骂：

“我和老太婆穷得叮当响，又没力气，种地实在吃力。我们只图种点粮食，以免饿死。可你们的心也太黑了，在靠我们生活！你们把我们的庄稼都祸害了！今天我要揍死你！”

猴王自知理亏，一个劲儿地向老人求饶，保证以后不再去祸害他的庄稼，还答应送给他不少金银珠宝。老人免了他的死罪，带上金银珠宝回家，从此过起了富裕的生活。

小山雀最早唱起春之歌

（俄罗斯阿尔泰）

很早很早以前，所有的飞鸟都栖息在南方，所以春天里阿尔泰一带也只有溪流在欢歌。

一次，北方送来了河水的春歌，引起了众鸟的一阵骚动：

“是谁不分白天黑夜地在那边唱歌，是谁在那边啼啭？阿尔泰那边有什么开心事，又有什么好事儿降临那里？”

但是，要想飞到那不为人知的地方去打探情况，谁也没这个胆量。

金雕动员过椋鸟、鸫和布谷鸟，但都枉然。足智多谋的猫头鹰、娇生惯养的苍头燕雀、灰雁和凶猛的鹞鹰也不愿前往。就算是气度高贵的隼也下不了上路的决心。

只有小山雀有这个胆量。

“喂，”金雕追着他喊道，“要是那边好，就快回来，给所有的鸟带路！”

“啾——啾，啾——啾！”小山雀啁啾道，“我一定——回来，我一定——回来！啾——啾！”说着，他飞远了。

他飞过大海和谷地，飞过森林和河流。一开始他还尽量飞快一些，不停地扇动翅膀，后来速度就越来越慢了……肚皮冻僵了，翅膀已经乏力……最后等到都飞不动的时候，看见了阿尔泰起伏的群山。在初升旭日的照耀下，整个阿尔泰山峦金光万丈，覆盖着冰雪的丘陵和谷地像燃着一团团火。

“啊，多大的一堆火呀！”小山雀说，“宁可让火烤焦，也比冻死强……”

他收起翅膀，落了下去。不过不是落在火里，而是落在雪地上。

“吱——吱——吱……”小山雀一阵尖叫，“在这雪地上我可要冻死了……”

然而，这时他在一棵光秃的树枝上看到个小裂缝，里面有只小虫；旁边，有只小毛虫裹在多层的丝网里睡得正香。

小山雀啄了一下，又啄一下。他一时心花怒放，肚皮暖和过来了，脑袋也不再那么沉甸甸的了。

他忘了飞来这里的使命，忘了是谁派他到这片丰饶的土地上来的，连生养他的地方也被他抛到了九霄云外。

突然，一阵大风把树刮得东倒西歪，天空被鸟翅膀遮得乌黑一片。这是鸟类大军飞临阿尔泰。

飞在最前面的是那只金雕。

小山雀如梦初醒，一下子吓得魂儿都没有了。这时金雕已经在他上空盘旋，大声责问：

“你为什么不回去找我们？为什么不回去把所有的鸟兄弟都带到这片丰饶的土地上来？”

小山雀耷拉下脑袋，连尾巴也不再抖动，他不知道该怎样才能证明自己无辜。

森林里寂然无声，小山雀听见了第一批滴水的滴答声。他一抖身子，猛然醒悟过来，说：

“我向您鞠躬了，伟大的金雕！这带地方的冰像山一般厚，连年下着鹅毛大雪。我自己在这里跟冬天斗，呼唤着春天：‘迪——凯！迪——凯！春天，快来吧！

春天快来吧！’正是在我的请求下，才吹起了暖风，白雪开始发乌变黑。我自己本打算起程去叫你们，但没工夫，一直在‘迪——凯！迪——凯！春天，快来吧，快来吧！’地叫个不停。啾——啾，啾——啾！吱——吱——吱！您听吧，听吧，伟大的金雕，您看吧，看吧！迪——凯！迪——凯！”小山雀在啼啭，“春天啊，你快来吧！”

果然，凡是小山雀的歌声所到之处，冰雪在融化，溪流在苏醒，树木开始绽出新芽。

“好吧，”金雕笑笑，“算你运气好，这次饶了你。明年咱们就能够证实，看你说的是不是真话。”

就从那时起，为了不让骗局被戳穿，小山雀总是在森林里最早唱起春之歌。

马、牛和星星的故事

（俄罗斯）

很早很早以前，在一个遥远的地方，马和牛同在一条河里饮水，同走一条路去牧场。

一年夏天，马说：

“牛妹妹，咱们是不是下到沟里去呢，那里凉快得多。”

他俩开始往下走，这时牛突然哞哞地叫起来：

“哞——马大哥，哞！沟里着火了！”

马鼓起鼻翼嗅了嗅，转动眼睛四下看了看，果然看见沟底有好几处散落的星星。

“咱们去按住那些星星，让它们就留在地上好了。”

“是我先看到的，得由我先去！”

“你的蹄子比我的小，腿也没有我的有劲，你按不住的。”

但牛妹妹不听马大哥的话，执意往下一跳，直接跳到星星上。众星星一激灵，烧得更厉害了，烧得牛蹄子裂成两半，接着它们从沟底升到天空。

“咴咴！这下子你的蹄子像个大叉子了。”

“哞——”牛哭了，“马、马、马大哥……”

“咱们往后不再是同类了，有两瓣蹄的才同你是一家子。”

就打那时起，马和牛不再是朋友，天空中也出现了一个新的星座——昴星座。

为什么兔子全是豁嘴

（爱沙尼亚）

有一次，全体兔子集中到一棵大松树下，商量怎样才能改善他们的生活。每只兔子都在诉苦：

“你们瞧见没有，我亲爱的伙伴！”其中最大的那只兔子说，“我们谁都怕，可就没谁怕我们。我们怕猫，怕狗，都不知道把窝安在什么地方，也不知道和妻儿住在哪里。而且我们也不敢抱生活能有所好转的奢望。它在迅速恶化。每一个娃娃都在追打我们。不管是谁见到我们，马上就喊：‘兔子！兔子！’我们最好上湖边去投水自尽好了。反正我们迟早也得死！”

没有一只兔子对此持有异议。

他们来到湖边，想投水自尽。但岸边放牧着一群羊。

羊听见兔子走近的脚步声，吓得拼命逃跑，牧羊人和狗紧随其后。兔子看到这一情景，一只只都停下来哈哈大笑。他们看到还有害怕他们的动物和人，笑得嘴都裂成了两半。

就从那时起，所有的兔子永远都豁着嘴。不过，从此他们也就断了投水自尽的念头。

为什么鹦鹉的喙是弯的

（非洲约鲁巴）

有一次，鹦鹉和海贝打算盖房子，并为谁的房子会盖得更好吵了起来。

海贝的房子全部用贝壳盖成，鹦鹉的房子却是用他从好些鹦鹉尾巴上拔来的羽毛盖成的。

两幢房子都盖好以后，海贝一看，鹦鹉的房子更漂亮。于是，海贝把自己的飞禽朋友都叫来，对他们说：

“咱们去把鹦鹉的房子弄走吧！”

鹦鹉在飞禽中没有朋友，自然也就不知道这个可耻的勾当。再说他还答应过给那些被拔掉羽毛的鹦鹉支付报酬，所以他现在得加倍努力地干活。

一天，鹦鹉外出办事，走之前去找自己的好友青蛙来看家。

正好这时，众海贝已拿定主意要弄走他的房子。他们来了，还叫来了飞禽。

青蛙害怕了，拿起笛子便吹。

鹦鹉听见笛声，马上跑回家。他来到房子跟前喊道：

“我在这里，我在这里！我要把你们都抓住撕成碎片！”

他还果真抓住了一只鸟儿。

第二天，众海贝唆使鹞鹰去强抢。青蛙又吹起笛子，鹦鹉又再次严惩了这个歹徒。

第三次，有一只名叫阿罗尼的小鸟自告奋勇去抢鹦鹉的房子。

海贝们说：“你不行！你太小了！”

“只要让我去试一试，你们就知道我行不行了！”阿罗尼一再坚持，还要求派给他七个海贝当助手。

阿罗尼去到集上，买了这样那样的一些东西，还买了不少辣椒，然后包成一包，直接去找替鹦鹉看家的青蛙。

“我听说你笛子吹得不错，让我看看你的笛子，好吗？”阿罗尼对青蛙说。

青蛙没想到这是圈套，便把笛子递了过去。小鸟左右摆弄笛子，装成仔细观看的样子，暗地里却把从集上买来的东西往笛筒里塞。然后把笛子还给青蛙，接着突然动手抢起了鹦鹉的房子。

青蛙赶紧吹笛子，可吹不响。

阿罗尼就这样抢走了鹦鹉的房子。

鹦鹉回到家，房子却不见了！

他于是去找海贝。海贝的房子总共有七扇门，第七扇是铁门。

鹦鹉开始啄这些门，啄开一扇、两扇、三扇，一直啄到第七扇。可第七扇是铁门，无论鹦鹉怎么使劲，就是啄不开！他甚至把喙都啄弯了。

鹦鹉的喙就是这样变弯的。

一条老狗

（俄罗斯）

一条狗为羊倌服务了多年，一直忠心耿耿，一丝不苟。羊倌要围着羊群转一圈，他总是跑在最前面；羊倌要把羊群赶到新的牧场，他便在羊只之间跑来跑去，注意不让他们掉队；只要羊倌躺下来睡觉，他就一直都睁着眼睛。不得不提防啊！不能让狼偷偷地摸过来，不能让熊来惊散羊群，还得提防有坏人来偷羊。

一晃就是好几年，羊倌发现狗的腿脚不再像过去那么灵便了，嗅觉好像也变得迟钝了许多。

这是个蛮不错的羊倌，考虑问题很周到。他于是想道：

“我这只狗很快就要老去了。牧人要没有狗，那是一天也别想混下去。我得去弄一条小狗来，让他先跟老的学学本事。”

他看中了一条麻利一些的小狗，将他带到羊群。

从此，老狗开始教小狗学本事。他不让小的随便乱叫，也不让睡懒觉。小的可不情愿了。一到吃东西的时候，小的就更来气。羊倌这个人倒是一点儿也不偏心：给狗喂食的时候，给小的骨头，给老的也是骨头；给小的一钵稀汤，给老的也是一钵稀汤。饼子都是掰成两半，一只狗一半。可小狗跟所有的小狗一样，嘴馋得要命，总觉得主人偏心老狗，多给了他。

就说他俩喝稀汤吧，小的既不嚼，也不品味，一口就把钵子里的东西全囫囵吞了下去，可老狗还剩下大半钵，让小的眼馋得要命。碰到这种时候，小狗就发出声声哀号，那如怨如诉的声音让人听了心里怪难受的。主人还真以为老狗在欺负小的，在夺他的食。

羊们熟悉他们的警卫老狗，习惯听他的话。老狗觉得羊群也好管理，不用吠，更不用发威吼叫。但小的却发了疯似的在羊群周围跑来跑去，吠得嗓子都哑了。

羊倌坐在一旁，在想他的心事：

“老狗都懒得动弹了，只听见小的在叫！”

从此他开始喂小的好点，喂老的差点。有时候还摸摸小的，挠挠他的耳朵，拍拍他的脑袋。对老的却是时不时呵斥几声，扬起手来做出要揍他的样子，有时还真的揍他。

老狗觉得委屈。再加上伙食不好，他日渐衰弱下去，瘦得只剩下一把骨头，身上的毛在一绺一绺地往下掉，眼神里透出一丝郁闷。

有一天，出了这么一件事——

那天下了一场大雷雨，几声炸雷仿佛要把天空劈成两半似的。羊惧怕雷雨，窜到一边，然后到处乱跑。弄不好有的就会掉入深谷，有的会跑折腿，有的会跑到很远很远的地方，最后都找不到回来的路。

老狗清楚这时他该怎么办。他跟在羊群后面跑去，只见他的四只蹄子在雨雾中一闪一闪的。他哪儿来的这力量呢！小狗勉强才能跟上他。

老狗追上羊群，又往前跑出一段距离，到前面去堵他们的路。一只只羊冷静下来，浑身都在打战，但是不再四处逃散。有忠实的警卫同他们在一起，这就是说，再没什么好怕的。

这时，羊倌也赶到了。

他一看，老狗在躺着，舌头向外伸出老长。小狗却围着羊群跑来跑去，在扯破嗓子吠叫。于是羊倌心想，是小狗在这场灾难中立了大功。

“你真行！”羊倌夸小狗。

可对老狗说：

“你这个好吃懒做的家伙！就知道躺着！”

老狗委屈极了，低着脑袋慢腾腾地朝一边走去，头也不回地走到森林深处。森林的小溪边有一座小木屋。是谁建造的，谁住过，这人又上哪儿去了，这始终是个谜。也许有人知道，但不是我们，也不是老狗。

老狗在小木屋里住了下来。总算是有了个栖身之所，这是求之不得的好事；但没有果腹的东西，这可是够头疼的。他吃野果，嚼蘑菇，谈不上能吃饱肚皮，但还是能勉强维持生命。只是这种无所事事的生活太无聊了，因为他这辈子都是围着羊群跑的。

有一次，老狗坐在窗前，看见一只狼从屋前走过。原来屋前还是一条狼道。

狼有些迷惑不解：

“咦，多少年屋里都没住人，现在突然冒出了个主人。

你是谁呀？”

“我？”老狗说，“我是个鞋匠。凡脚上穿的我都能做。我做的树皮鞋一辈子也穿不坏。我做的皮靴，你想要吱嘎响的也行，不要吱嘎响的也行。”

狼乐坏了。

“这正是我所需要的，我早就想要一双靴子。在森林里打着光脚走路太扎脚。当然，这也没什么了不起的，大家都习以为常了。可是，由于森林里谁也没有皮靴，我要是穿上了，非叫别人羡慕死了不可！鞋匠，你能不能给我做一双皮靴呢？”

“要做并不难，”老狗回答，“只是我这里缺材料。”

“那你都要些什么样的材料？”狼问。

“就看做什么样的皮靴了！”老狗说，“不怎么样的我用树的内皮就可以做，比如说用桦树皮。”

“那不行。”狼说，“我要的是好皮靴，人们穿的那种。”

“如果要人穿的那种，事情可就不那么简单了。”老狗摇摇头，“首先你得给我弄来牛犊皮来做鞋掌，靴头宜用大猪皮，靴筒最好用小猪皮。为使靴子能保暖，里面最好铺一层鹅毛。”

“好吧，”狼说，“我的牙——狼牙很尖，我保证去给你弄来这些皮。”

“你说什么？”老狗紧挥爪子，“你那尖牙会把皮弄坏的。你最好把整头牛犊给我弄来，由我亲自剥皮，亲自鞣制。”

“行，”狼说，“咱们一言为定。”

“一言为定！”老狗说，“保证有你的靴子。”

第二天狼弄来一头牛犊。

老狗说：

“加工牛犊皮可不是件容易的事，得一个星期的时间，所以做靴头的猪皮你不要急着送来，一个星期以后吧。”

狼去干自己的营生去了。

老狗开始收拾牛犊。先咬下一块肉来吃掉，再到河边去喝水，然后躺下来睡大觉。接着又吃肉、喝水、睡觉。这头牛犊不多不少够他吃一个星期。

这时狼又给老狗送来一头大猪，一头大肥猪，不知他是从哪儿猎来的。

“这样的能做靴头吗？”狼问老狗。

“再合适不过了。”狗回答。

这头猪够老狗吃五天。五天刚过，狼又送来两只小猪做靴筒。

狗还来不及吃完这两只小猪，狼又给他送来了四只鹅。老狗这辈子还没吃过这么多的肉。他已变得膘肥体壮，身上的毛油光闪亮，全身充满了力量。老狗年轻时候就是个大力士，现在更是力大无比。

到了狼来取皮靴的日子。

“给我皮靴吧！”

“给你什么皮靴？”老狗做出莫名其妙的样子。

“你可是鞋匠呀。”狼说。

“我从来就没当过鞋匠。”狗回答，“我是一名老兵，是一名专同你们狼作战的老兵！”

狼咆哮起来，向狗扑去。

狗也咆哮起来，向狼扑去。

狼被咬了一口，发出一声惨叫，声音都变了。尽管变了，但还是狼的声音。

众狼听见他的嚎叫声，纷纷跑来帮忙。

一场大战开始了。一团团兽毛四下飞扬，厮杀声响彻整个森林。树吓得弯下腰，草更是吓得趴到地上。

老狗对付这些狼就如同厨师在摆弄那些土豆一样。他朝右边咬一口，咬下一只狼耳朵；朝左边转过身去，从狼身上撕下一块肉；扬起一只爪子，打瞎一只狼眼。

在战斗的呐喊声中，狼的头领也赶来了。

“喂，你们这些尖牙利齿的家伙！”他吼道，“快不要打了！”

战斗停止了。狗龇着牙站在一边，众狼围着头领挤在另一边。

狼的头领对自己的下属说：

“你们这些疯子都在干些什么呀？！干吗要跟这样的大力士打架？莫非是想叫我们狼在这整座森林里绝迹不成？不该跟他打架，而应跟他和好才是。我这就去和他聊聊。”

狼的头领向老狗所在的方向迈出三步，隔着一段距离说：

“伟大的斗士，你是否愿意离开这座林子呢？我们一定送你一件你喜欢的东西，作为送别的礼物。”

“行呀，”老狗说，“就叫你的这伙强盗到羊群去给我弄两只活羊来好了，那些羊正在小河边的山包上吃草呢。”

狼的头领如释重负地出了口气，其他所有的狼也跟着他出了口气。

“这对我们来说不费吹灰之力！我们马上就去给你弄来。”

四只最高大、牙齿最尖利的狼走出狼群，向着羊群奔去。

老狗也不敢耽误时间，绕道向着小河边的小山包，向着他主人放羊的地方赶去。

他还正好赶上：只见四个灰不溜秋的强盗从树林里蹿出来，径直冲进狼群。小狗发现了他们，发出几声尖叫，夹起尾巴赶紧溜掉了。

羊倌一时也不知所措，就知道挥着手杖喊叫。不过，一根手杖怎么能对付得了四只狼呢！

两只狼把两只羊扛上肩，迈着小碎步向森林跑去。另外两只狼在两边跑，负责护卫。

说时迟那时快，只见老狗从一个灌木丛中冲出来。他故意从主人面前跑过，那意思是说，你就看着我吧！

他从狼的面前横穿过去，挡住了他们的去路。

狼看见了他，心里一阵狂喜，心想这下子可不用扛着这死沉的家伙跑老远的路了。他们把羊往他的脚边一扔，赶紧往家跑，溜回黑黝黝的森林里。

羊被狼咬得不轻，但还活着。他们站在那里四处张望，发出相当凄惨的叫声。

“你们这些傻瓜,在那里抖个什么呀？”老狗说,“赶快回羊群去吧。”

羊倌对自己这只忠诚的老狗真是感激不尽，把他的那些亲昵的名字都叫了个遍。

小狗可就遭大罪了。羊倌狠狠地揪他的耳朵，还用手杖狠揍他的身子，还边揍边数落他：

“你这小傻瓜，多向长者学习学习吧，看人家是怎样干活的！”

就从那时起，老狗一直受到主人的爱戴与尊敬，即使到了老得不能走路的时候，也从未听到主人骂过他一句。

小狗呢，他从此虚心向老狗学习，终于也学会了本事。

熊和蚊子

(俄罗斯)

有一次，熊在森林里捉到一只兔子，为寻开心而狠命揪他的耳朵。兔子又疼又恼，哭了起来；而熊还在继续他的恶作剧，边笑边揪兔子的耳朵。他玩够了，放了兔子，然后一摇一摆地往前走。兔子吓得半死不活地躲在灌木丛中，坐在那里用爪子擦眼泪。

“这简直是太欺负人了！”他不知是在冲谁说，“就好在活下来了，耳朵会长好的，眼泪也会干的。只是连个能告状的人也没有，因为熊是森林里最凶猛的野兽，狼和狐狸是他形影不离的朋友。我太不幸了，个子小不说，也没有力气，还找不到一个强而有力的朋友来保护我。”

“我来保护你。”兔子突然听见从芦苇丛中传来的尖叫声。

他循声回头望去，看见了蚊子。他的眼泪马上就干了，心中泛起一阵好笑的波澜。

“你？”兔子好不容易才忍住笑，问道，“你一个小蚊子哪是熊的对手？就知道瞎吹牛！”

“我比熊厉害，”蚊子心平气和地回答，“我能叫他特别难受，比如说吧，让他睡不成觉。明天你就会看到的。”说着，蚊子尾随熊飞去。

这是个大热天，熊热得心烦意乱，都不知在哪儿待好。后来他在一棵枝叶繁茂的大树下躺下来，刚刚眯上眼睛，就听见耳朵边一阵响：

“嗡——嗡——嗡！”

“哼，该死的小蚊子！”熊听出来是蚊子，等他往鼻子上落。

蚊子在熊的上方转了一圈，又转了一圈，果然，真的直接落到了熊的鼻子上。熊毫不迟疑就朝鼻子上扇了一大巴掌！可蚊子也不傻，他知道熊会拍他，所以在拍之前就飞走了。他现在正在为自己的成功而感到庆幸，决心不让熊得到安宁。

熊翻了一下身，刚一睡着，又听见：

“嗡——嗡——嗡！”

“这次小蚊子会在哪儿落呢？”熊装作睡着的样子。

嗡嗡声停息了，熊还以为蚊子已经飞走了。可蚊子根本就没有飞走的打算。他小心翼翼地飞进熊的耳朵，狠狠地叮了一口。熊疼得大吼一声，跳将起来，在原地直打转儿，朝着耳朵就是一巴掌，直扇得自己眼冒金星。他是想教训一下蚊子，叫他知道叮熊会是个什么样的后果！他揉揉耳朵，更舒服地躺下来，心想这下子总可以睡个好觉了。可是哪儿呀！他刚一合上眼睛，头顶上又响起了蚊子的嗡嗡声。

“哎呀，这该死的！就是拍不死！”熊爬起来，去找另外一个可以睡觉的地方。他穿过灌木丛，不时地搔搔痒，冲着整个森林大声吼叫。蚊子紧随其后：

“嗡——嗡——嗡！”

熊拔腿便跑。他跑了很长时间，一直跑得筋疲力尽，在一棵树下倒下来，躺在那里静静地听着。森林里一片寂静，所有的兽类和鸟类都已入睡，到处都黑得伸手不见五指。

“没听见蚊子叫，谢天谢地，总算能睡个安稳觉了！”

熊找了个更舒服的姿势躺了下来，合上眼睛，进入了梦乡。甚至还做了个梦，梦见他找到一个盛满蜜的蜜蜂窝。他刚把爪子伸进窝里，突然耳朵上方又响了起来：

“嗡——嗡——嗡！”

“又找到我了，该死的小蚊子！”

熊好不气恼，最后坐了起来，连连打着嗝儿。可蚊子还在他头顶上飞来飞去，嗡嗡声一直响个不停，一会儿重，一会儿轻，最后终于不再响了。

熊坐了一会儿，聚精会神地倾听着，又躺下来。可刚一躺下，快要睡着的时候，蚊子又飞来了。

熊从树下走出来，坐下来一阵痛哭。

“你这个该死的家伙，就是要缠住我不放呀！现在你可得小心，我哪怕在这里坐到天亮，也要守候到你，把你打死！”

但是熊并没能打死蚊子，倒是蚊子将他折磨了个够。他把自己打得浑身都是青紫瘢，却没伤着蚊子一根毫毛。

太阳出来了。众兽和众鸟醒了过来。大家在迎接新的一天的到来。唯独熊讨厌太阳。只见他浑身上下毛乱蓬蓬的，凶神恶煞地在森林里一摇一晃地走来走去，累得眼睛都快要合上了，可耳朵里一直响着蚊子的嗡嗡声。

兔子一看见熊，就高兴得蹦了起来。

“蚊子真不错！真是好样的！”兔子直蹦着，一阵哈哈大笑，笑得眼泪都流出来了。

而蚊子呢？真是提到他，他就来了。

“你看见熊了？”他问。

“看见了，看见了！”兔子回答，自己却抱着肚子直笑，“你真是把他整得够呛！谢谢你了，朋友！你说说，像你这么小的个子，怎么能制服熊这样的大家伙呢？”

“很简单。”蚊子回答，“问题在于我们蚊子从来都不像你们兔子那样离群索居，再说我们也都不是胆小鬼。”

兔子在寻思蚊子这番话的含义，蚊子却又继续追熊去了。

金冠子公鸡

（俄罗斯）

从前有一座古堡，古堡的主人有一只公鸡。这已经是一只老公鸡了，仆人们几乎已经不给他喂食。所以公鸡只好到附近去走动，好给自己讨些吃的。但是，当他发现这也不能让自己活命时，可怜的公鸡决定还是回家。路上他遇见一只狐狸。狐狸问他：

“你这是上哪儿呀，公鸡？”

“我回家，”公鸡回答，“讨饭根本解决不了问题。”

“那请你把我也带上吧！”狐狸说。

“我没力气背你，”公鸡回答，“不过你要是变成一只跳蚤，藏在我的翅膀下面，我一定把你带上。”

狐狸变成一只跳蚤。公鸡把他藏在自己的翅膀下面，然后再向前走，不久遇见一只狼。狼问他：

“你这是上哪儿呀，公鸡？”

“回家。”公鸡回答。

一听公鸡这么说，狼也很想同他一起走，说：

“那请你也把我带上吧！”

“你得变成一只跳蚤，藏在我腰上的羽毛中间，那我一定把你带上。”公鸡回答。

狼变成一只跳蚤，公鸡把他藏在腰部的羽毛中间。他们走过一段距离，遇见一只熊。熊也求公鸡把他带上。公鸡同样建议他变成一只跳蚤。熊果然变成一只跳蚤，藏在公鸡大腿上的羽毛里。

公鸡走了很长时间，终于回到了家；他在古堡的院子里停下来，唱道：

“喔喔喔！喔喔喔！

我是金冠子公鸡。

可我的主人又狠又蠢，

他把公鸡赶出家门！

喔喔喔！喔喔喔！”

古堡的主人气得要命，吩咐仆人去把公鸡宰了。仆人可怜唱得如此动听的公鸡，迟迟都没执行主人的命令，因为这命令不称他的心。

“那你就把他关在马厩里，同野马关在一起，他不一会儿就会让野马给踩死。”主人说。

公鸡果然被关进马厩，不过他却安然无恙。因为野马刚一踢打他，他就说：

“亲爱的熊，你快从我的大腿上出来，能吃掉多少野马尽管吃，剩下的通通给我咬死。”

变成跳蚤藏身于公鸡大腿羽毛间的熊立刻出来，尽自己所能吃下几匹野马，剩下的通通咬死。

第二天，人们来看公鸡到底怎么样了。古堡的主人也来到马厩，想亲眼看到野马把公鸡踩死。可公鸡安然无恙，依旧在唱着：

“喔喔喔！喔喔喔！
我是金冠子公鸡。
可我的主人又狠又蠢，
他把公鸡赶出家门！
喔喔喔！喔喔喔！”

古堡里有十二头性子暴烈的公牛，于是主人吩咐仆人：

“让牛来对付公鸡，叫他们去触他。等他一被触死，就不会再唱这该死的歌了！”

好吧，把牛放了出来。可等牛刚准备去触公鸡，只见公鸡从翅膀下面抓出一只跳蚤，跳蚤马上又变成狼，狼上去把所有的牛都咬死，吃下。这之后公鸡又依旧唱道：

“喔喔喔！喔喔喔！
我是金冠子公鸡。
可我的主人又狠又蠢，
他把公鸡赶出家门！
喔喔喔！喔喔喔！”

主人听见他唱，气呼呼地对仆人说：

“我们还有十二只恶公山羊，晚上把公鸡赶到羊圈里去过夜，我倒是要看看他这次还能不能再唱！”

说干就干，公鸡被赶进羊圈里，同山羊关在一起。

羊马上就扑上去，想触死他。可公鸡毫无惧色，他从羽毛间抓出第三只跳蚤，跳蚤变成狐狸，狐狸把所有的羊撕着弄死，尽其所能吃下几只。

早上人们又来看公鸡的下场，却发现他依然活着。人们刚一把羊圈门打开，就见一只狐狸从里面蹿出来，然后跑进森林。当古堡的主人得知这一情况后，勃然大怒，说：

“我无论如何也要亲手杀死这只厉害的公鸡！”

于是他到羊圈里去，想亲手杀死公鸡。他抓住公鸡，想将其脑袋一拧。可公鸡临死前对他说：

“我就是死了，也不放过你！你还会再一次听到我的声音，到那时你也活不了几时了！”

古堡的主人听公鸡这么说，心里还想：“我得吃掉这只不安分的公鸡，让他甭想再叫。”

接下来，他下令举办一次盛筵，把所有的街坊四邻都请来，并吩咐把公鸡烧来吃。

等宾客都已到齐，坐下来开始就餐，主人把烧好的公鸡拿在手里，切下一小块送进嘴里，还说：

“你这辈子干了不少坏事，可从今往后再也不能喔喔叫了！”

他刚说完这句话，公鸡突然从他嘴里伸出脑袋，唱道：

“喔喔喔！喔喔喔！
我是金冠子公鸡。
可我的主人又狠又蠢，
他把公鸡赶出家门！
喔喔喔！喔喔喔！”

客人们听到从主人嘴里发出这样的声音，一个个都惊愕不已，纷纷离席而去。主人最后从恐惧中冷静下来，命令仆人道：

“你们去拿斧子来，等公鸡再从我嘴里探出头来，就把他的脑袋劈掉！”

仆人们遵命而行。等公鸡再从主人嘴里露出头来，他们抡起斧子劈了下去。但公鸡很快缩回脑袋，结果斧子劈到了主人的头，使主人如公鸡所预言的那样倒地死去。

三只山羊

（达格斯坦）

从前有三只山羊。一次，老大要到野外去。

路上碰见一只狼。狼问他：

“山羊，山羊，你这是上哪儿去呀？”

“去吃草、喝水。”

“你的下面是什么呢？”

“是四条腿。”

“你头上是什么呢？”

“是一对犄角。”

“那你的心在说些什么呢？”

“我的心吓得怦怦跳。”

于是狼把胆小的山羊一口吞下。后来老二到野外去了，狼也是一口把他吞下。

“我的两个哥哥上哪儿去了呢？”老三心想，也到野外去了。

狼把他叫住，问道：

“你的下面是什么呢？”

“是四条钢铁般的腿！”山羊回答。

“你头上是什么呢？”

“是一对金角。”

“那你的心在说些什么呢？”

“我的心在说：‘你可以用金角直插狼的肚皮。’”

狼吓坏了，本想溜掉。可山羊追上他，用犄角划破他的肚皮。

两个哥哥从羊肚皮里蹦了出来，哥儿仨一同回家，勇敢的老三走在最前面。

狐狸受骗记

（吉尔吉斯斯坦）

有一次狐狸捉到一只山鹑，用爪子将他按住，正打算吃他。这时，山鹑开口说话了："我现在当然成了你的囊中物，这是无可奈何的事！不过，难道你吃我之前都不向上帝祷告一下？这说得过去吗？"

狐狸高高举起双手，正打算张口……山鹑却趁此机会扑棱一下飞走了。

看风使舵的狐狸

（非洲富尔贝）

狮子、狐狸和鬣狗是好朋友。有一次，他们一同去打猎，猎到一头驴、一只兔子和一只羚羊。

狮子对鬣狗说：

“你来给我们分猎物吧。”

“驴归你，兔子归狐狸，羚羊归我。”鬣狗回答。

狮子揪下他的脑袋，又对狐狸说：

“你瞧见没有，鬣狗分得有多糟糕？要是你，又该怎么分呢？”

“森林之王啊！”狐狸大声说，“驴给您当早饭，羚羊给您当中饭，兔子给您当晚饭。”

“是谁给你出主意这么分的？”狮子问。

狐狸回答：

“是鬣狗那与身子分离的头颅给我出的主意。”

公老鹰和母老鹰

（俄罗斯）

从前有一只公老鹰和一只母老鹰，他俩有一个孩子。一天，他们之间发生了争执：这个孩子应该归谁？他俩争呀，吵呀，到底也没能争出个名堂，最后去找皇上裁决。

皇上召集全国的臣民，其中也来了一些将军，可谁也断不了这个案子。这时出来一个农夫，他说："我来断案！"皇上说："那你就断吧。"农夫于是说道："喂，公老鹰和母老鹰，你俩到这里来吧！"公老鹰和母老鹰来了。农夫说："公老鹰，你到处飞来飞去，这么说来，你可能还有别的孩子，可母老鹰哪还有呢？"

农夫就这样把案子给断了。小鹰被判给了母老鹰。

大象与老虎

（缅甸）

有一次，大象和老虎哥儿俩从一个穷农夫家门前经过。为了和朋友开个玩笑，大象说：

“这家的主人是个不寻常的老头。你瞧，他多瘦啊，瘦得只剩下一把骨头。不过我要是上去和他打架，肯定不是他的对手，到时候你可得上去帮忙呀！”

老虎回答说：

“朋友，你在撒谎，我一下子就能把这老头撂倒。”

“你这么想是没有根据的，老虎。”大象说，“不管你怎么卖力，也打不赢这个老头。”

老虎火了，决定叫大象看看谁说得对。他悄悄走到老头跟前，对他说：

“喂，老头，敢跟我打一架吗？”

“先让我吃点东西，”老头回答说，“然后让我来收拾你。”

老虎同意等他吃东西。

“我吃东西的时候，你不会跑掉吧？”老头问。

老虎答应不跑，但老头不信。

“我看还是用绳子把你绑住好了，免得你溜掉。”

因为老虎很想跟老头较量一番，所以他同意了。

“行，”他说，“你把我绑住好了，而且快快吃你的东西，吃完就出来同我较量。”

老头很快拿出平时用来绑水牛的绳子，把老虎结结实实地绑住，使他动弹不得。然后拿来锄头，一下一下地朝老虎砸去，一直到把他砸死为止。

大象看见这全过程，乐得哈哈大笑，笑得肚子都疼了。他笑了很久都合不拢嘴了，眼睛也越眯越厉害，最后成了两条细缝。

就从那时起，所有大象的眼睛都很小，仿佛是在眯着笑。

老虎死后，老虎的亲戚们认为大象得对他的死负责。他们恨透了大象，决心干掉他。大象听说老虎们有意报复，便去向自己的小鸟朋友求救。小鸟给他出主意说：

“你不用怕老虎，勇敢地到老虎饮水时常走的那条小路上去走吧，然后找一处高草丛躺下来睡觉好了。我待在你的背上。我只要啄你一口，你就站起来只管走，到时候我会把这事处理得妥妥帖帖。”

大象表示同意，他乖乖地向老虎饮水时常走的那条小路走去，找到一处高草丛躺下来等候。

这时正好有老虎经过。小鸟落到大象背上，问他们：

“你们这是上哪儿呀？”

“我们去杀死大象。”他们回答。

“你们敢，我不许你们动他一根毫毛。因为所有的野兽都得听我指挥。天底下就数我最高也最大。不信你们看我。”

这时精明的小鸟啄了大象一口。大象驮着他站起来，顺着那条路走去。

“现在你们该看到了吧？”小鸟喊道，“我可以说是无人匹敌，是不是？你们得听我的！”

众老虎好不惊讶。

“好吧，我们听你的。”

这时小鸟说：

“往后大象就只走森林里的大路，你们就走那些弯弯曲曲的小道。”

从那时起，大象和老虎就再也碰不着了，他们之间的友谊也不复存在了。

牛犊和狼赛跑

（俄罗斯爱斯基摩）

一头老狼常到湖岸上去转悠，喝口水，看看自己在水中的倒影。有一次，一头公牛犊遇见了他，心里便开始琢磨看怎样捉弄一下这个老家伙。他跑去找和自己要好的牛犊，对他们说：

“有头老狼常到咱们这岸边来，我想跟他赛跑。你们分散开，只要听见他问：‘小公牛，你在哪儿？’你们就赶紧回答他：‘我在这儿，我在这儿！’”

狼果然又来到岸边，公牛犊走过去对他说：

“狼，咱们来比一比，看谁跑得快，行吗？你在岸上跑，我在水里游。”

狼想了想，同意了。他俩从一个地方起跑，跑了没几步，公牛犊便止住了脚步。老狼只顾用尽全力跑，他气喘吁吁地问道：

“喂，小公牛，你在哪儿？”

“我在这儿，我在这儿！”别的牛犊回答他说。

老狼累得快喘不过气来了，但还是边跑边问：

“小公牛，小公牛，你在哪儿？”

前面老远有牛犊回答他：

“我在这儿，我在这儿！”

狼把力气都使光了，倒在地上，奄奄一息。而那些牛犊还在嘲笑他。有一头牛犊对狼说：

“快跑呀，狼，说不定你能超过我！”老狼不吱声，他已经断气了。

农夫、熊和狐狸

（拉脱维亚）

主人有一次套马开垦荒地。马很累了，犁拉得很糟糕。主人大为光火，说：

“让熊吃了你得了！”

这话刚一出口，树林里就蹿出来一头熊，张口便跟农夫要马。农夫吓住了，求道：

“先让我把地耕完吧……”

“好吧，”熊同意了，“不过现在我该上哪儿去？”

“你先到树林里去散散步……你干吗要在这里暴晒？”

熊走了。这时一只狐狸偷偷来到农夫跟前，问他：

“这熊要干什么？”

农夫把整个事情经过说了一遍。

“噢，小事一桩！为这样一桩小事就丢掉一匹马？

你只要答应给我一只小鸡当午餐，我就帮你这个忙。我到树林里去大声喊叫，熊要是问是谁在喊，你就告诉他是猎人……”

狐狸三两下便进了树林，在树上乱敲，扯起嗓子一阵喊。

熊一副惊恐模样走出树林，问农夫：

“你知道是谁在树林里喊吗？”

“当然知道。那是猎人在集合，他们要打死你。”

“啊呀，糟糕！求你把我藏起来吧。”

“可以呀，你上车吧。我给你盖上一件衣服，你自己可不能出声。”

“谢谢，谢谢……这可是太好了！”

可怜的熊瞎子躺在车上，吓得连爪子都不敢乱动。可狐狸还照旧在大喊大叫。最后他从密林中走出来，粗声粗气地问农夫：

“熊跑到这儿来了没有？”

“没有，没有……”

“你那车上是什么？”

“柴火……”

“那就快往家送吧，不要在这里碍手碍脚的……”

农夫套好马便回家了。狡猾的狐狸跑在前面，一路上这里嗅嗅，那里嗅嗅，看主人的鸡舍在什么地方。他们走呀，走呀，农夫突然看见路旁有一把伐木工人落下的斧头。应该采取行动了！农夫捡起斧头，朝熊的脑袋劈去，不费吹灰之力便结果了熊的性命。他回到家，狐狸已经带着一群崽子钻进了鸡舍。

“啊哈，这下子你也跑不了啦。”主人想。

他关好鸡舍门，挥起斧头一阵乱劈，劈死了那只大狐狸，也劈死了那些狐狸崽子。

鹤帮狐狸逃命

（吉尔吉斯斯坦）

狐狸跟鹤成了要好的朋友，他请鹤上他的洞里去做客。

猎人发现了他们的脚印，偷偷来到洞口，开始挖洞，想抓住狐狸和鹤。但不管他怎么挖，还是够不着。

于是他取来一根长杆，伸进洞里去够着了鹤。鹤吓坏了，连声央求狐狸：

“你快想办法吧，因为你聪明，要不猎人就该抓住咱们了。”

可狐狸躲在一个角落里，吓得全身发抖，连话都说不出来了。

“唉，你呀！”鹤嗔怪地说，“还算是狐狸哩！”

鹤开始开动脑子想脱身的办法，最后终于想出来了。

“等猎人伸手进洞把我拽出去，”鹤说，“我就装死。

他会想这是狐狸咬死的，便会顺手把我扔到一边，我就飞走。猎人看我飞走，一定会看得出神，你便可以趁此工夫从洞里跑出去溜掉。”

狐狸还在浑身打战，对此方案表示赞同，因为别无他法。

鹤于是在洞口躺下，装成一只死鹤。

猎人伸手进去，拽出了鹤。

“可怜的鹤！”他说，“很可能是狐狸把他拉进洞里去咬死了。”

说着，他把鹤扔到一旁。

鹤尽管被摔得够疼的，但他马上爬起来，还没等猎人弄清是怎么回事，已经挥动双翅高高飞起，直上云端。

猎人看鹤看得出了神，这时狐狸从洞里跑出来，钻进丛林里不见了。

猎人干咳一声，为狐狸居然能用巧计胜过他而恼火不已，他哪里知道这次是鹤帮狐狸逃命的。

猫和老鼠

（吉尔吉斯斯坦）

从前有一只猫。他已经上了年纪，不能再捉老鼠了。他难过了好一阵，最后找老鼠去了。

“亲爱的弟兄们，我已经老了，”他恻然地说，“如果说我过去有对不起你们的地方，还请多多包涵。咱们还是和睦相处吧。往后我再也不会进攻你们。你们要是想证实这一点，完全可以一天三次一个挨一个地从我面前走过。我在为你们高兴哪，你们完全可以看到，我现在已经完全没脾气了。”

老鼠们信了猫的话，开始一天三次地从他面前走过。

猫老老实实地端坐在那里，让所有的老鼠过去，只把最后一只抓住。

他就这样每天吃掉三只老鼠，不再饿着肚皮，日子过得挺舒心。

老鼠的头领翘鼻子和尖鼻子却发现老鼠越来越少了。

他俩决定以后一个打头，一个断后，还边走边呼应，看是不是所有的老鼠都安然无恙。

老鼠们从猫面前走过，猫则坐在那里盯着。

等所有的老鼠都过完了，翘鼻子喊道：

“你在哪里，尖鼻子？”

“我在这里，我们无一丢失。”尖鼻子回答。

猫没有扑向尖鼻子，他发现老鼠们已做好准备。

几天过去了，猫一直饿着肚子。末了，他下决心要抓最后走过的尖鼻子。他刚要扑过去，尖鼻子马上闪开，钻进洞里躲了起来。

老鼠们就这样证实了猫是在骗他们，他们不再从猫的面前经过，结果猫饿死了。

有病的狮子

（缅甸）

从前有一头狮子。有一次他得了病，躺在自己的洞穴里。熊来向他请安。狮子问道：

“喂，熊老弟，你告诉我，我这洞里臭吗？”

“臭，是很臭。”熊回答。

狮子大怒，咬死了熊。

一只兔子站在洞口，把这一切都看在眼里。他进去向狮子请安。狮子问他：

“喂，小兔子，你说说，我这洞里臭吗？”

“啊，不！”兔子说，“这里根本不臭，味道好闻着哩！”

“你撒谎，”狮子回答，“这里味道不好，很臭。”说着，咬死了兔子。

狼在洞外等着，把这一切都看见了。他也进洞去向狮子请安。狮子问他：

“你说，狼，我这洞里是臭还是香？”

狼回答：

“不臭也不香。”

“你撒谎，应该要么是臭，要么是香。”狮子说着抓住狼一口咬死。

这一切也让狐狸看见和听见了。他来向狮子请安时，狮子问他：

“喂，狐狸，你告诉我，我这洞里是香还是臭？”

狐狸回答：

“请原谅我，贤明的圣上，我真说不出这里是臭是香，因为我得了感冒，鼻子不通，所以我无法回答，但又不敢撒谎。”

就这样，狮子饶了狐狸一命，因为他很聪明。

劝人忏悔的狐狸

（俄罗斯）

有一天夜里，一只狐狸空着肚子从树林里走过。天亮时他来到一个村子，钻进一家农户家里去偷鸡。他偷偷靠近鸡窝，刚想去抓一只母鸡时，正好到了公鸡打鸣的时间。只见公鸡拍拍翅膀，跺跺脚，扯着嗓子叫了起来。狐狸吓得赶紧从栖架上逃走，战战兢兢地一直躺了两三个星期。

一天，公鸡突然心血来潮，想进树林去走走，而狐狸早就在注意公鸡了，他跑到林丛中躲起来，等着公鸡走近。可公鸡看到一棵枯树，飞上去落到树杈上。狐狸等烦了，很想把公鸡骗下树来。他想呀，想呀，终于想出个绝妙的办法，要用好言好语哄他。只见狐狸来到树底下，向公鸡打招呼道："你好，亲爱的公鸡！"公鸡想："他来这里干什么？"这时狐狸开始施展他的诡计，对公鸡说："亲爱的公鸡，我是为你好，想让你走正道，才来开导你，就说吧，你有五十个老婆，可是从来没见你去忏悔过。快下到我这里来忏悔吧，我会饶恕你的一切罪过，也不会笑话你。"

公鸡慢慢地下来，最后直接落到狐狸的爪子里。狐狸抓住他，说："现在看我来好好收拾你！你要受到我的严厉惩罚！你这个骗子和坏蛋，还记得自己干的那一桩桩坏事吗？！你还记得那个漆黑的秋夜吧，我到村里想弄只鸡吃，我那时已经三天没吃东西了，可你拍起翅膀跺跺脚！……""唉，狐狸呀！"公鸡说，"你这聪明绝顶的公爵夫人，听你的话真使人感到亲切！我们的高级僧侣过几天就要在家里大宴宾客，到时候我推举你去烤圣饼，这样一来，我和你就会有软乎乎的圣饼和甘甜的祭品吃了，而且我们也会有好名声。"

狐狸听了这番话便放下爪子，公鸡一下子就飞到了橡树上。

狼拯救自己的灵魂

（格鲁吉亚）

有一次，狼吃饱了动物尸体，伸了个懒腰，想道：“我干吗要老作孽呢？得考虑一下拯救自己的灵魂了，我现在就到耶路撒冷去出家。”

他说干就干，立马起程直奔耶路撒冷。

正走着，迎面过来一头小牝牛。

“你好，牝牛！”狼大声喊道。

“你好，大灰狼！”牝牛说，“这急急忙忙上哪儿去呀？你有事？”

“出家去。我现在要去耶路撒冷拯救我的灵魂。”

“祝你一路顺风。”牝牛说。

狼跟牝牛分了手，继续往前走，看见有两只绵羊在草地上吃草。

“你们好，绵羊！”狼喊道。

“你好，大灰狼！”绵羊说，“你上哪儿去呀？路很远吗？”

“我这是去耶路撒冷出家去，想拯救自己的灵魂，因为我作的孽太多了，心理负担太重。”

“祝你一路顺风。”绵羊们为他送行。

狼从绵羊身边经过，再往前走。

他走着，迎面过来一头驴。驴也祝福狼一路平安。狼向耶路撒冷走去，一路风尘仆仆，肚子也走饿了。

耶路撒冷城坐落在水边。狼到岸上一瞧，这里教堂真多，修道士们手捧杯子到处走来走去。狼想：“我干吗辛辛苦苦到这里来？教堂里又不让我进去。我纯粹是犯傻，还把牝牛、绵羊、驴都放跑了，都没动他们一根毫毛。”

狼折身往回返，想找到牝牛、绵羊和驴。不错，还果然找到了那头驴。狼这次也不向驴问候，张开大嘴径直朝他奔去。驴觉得很惊讶，问道：

“你不是到耶路撒冷拯救自己的灵魂去了吗？怎么现在还想吃我？”

“肚子空的时候，就顾不上耶路撒冷了，”狼说，“你准备准备吧，我马上就要吃掉你。”

驴说：

“好，你吃吧。只是我那可怜的主人昨天刚花钱给我打了掌，最好把掌取下来，免得叫主人花那笔冤枉钱。”

狼用牙咬住驴蹄上的铁掌，想弄下来，不料驴踢了他一脚，把个“好端端的修道士”踢翻在地，还踢掉了他所有的牙，然后跑了。

狼好不容易才缓过气来，埋怨道：

“我怎么干起铁匠的活来了，这也是活该啊！”

狼再去找绵羊。那两只绵羊还真的过来了。狼很快跑过去，说：

“我现在要吃掉你们俩！”

绵羊让他先别吃，说：

“这是我们主人的草地。他们不久前分了家，把我们也分了，我们各属于不同的主人，可这片草地他们还没分，所以我们在这里走来走去，还不知该上什么地方去吃草。要不你行行好，帮我们分分这块草地，然后再吃掉我们也不迟。”

“我该怎么分？”狼问，“我算什么土地测量员？”

“你就站在中间，我们往你那边跑，谁先跑到谁就在这块草地上吃草。”

狼站好。两只羊跑来，用尽全力向他撞去。差点儿没把可怜的狼撞死。狼倒下，羊却跑了。

狼好不容易才爬起来，步履艰难地去找牝牛。他一路走，一路抱怨自己：

“我干吗要多管闲事，我算什么土地测量员呀？为什么不当时就把他俩的肥羊尾弄到手？”

狼找到牝牛，径直朝他走去，说：

“我现在就要吃掉你！”

牝牛说：

“好，你吃吧，有什么办法。只是求你先行行好，因为我太喜欢听唱歌和演奏了。都说你是位名歌星，你能不能先为我唱上一曲，然后再吃我好了。”

牝牛把狼带到山上，准备洗耳恭听。

狼坐下来便开始嗥叫。牝牛听呀，听呀，偷偷地走到狼的身后，狠狠地一抵，把他抵下陡坡，自己也撒腿跑了。

狼摔得遍体鳞伤，要死不活地回到自己的洞里，坐下来直嗥叫：

“我这是上哪儿去了？我怎么想出拯救灵魂的主意的？我算什么铁匠，怎么会想起去给驴拿下铁掌？我算什么土地测量员，怎么会想起去给绵羊分地？我又算什么歌星，怎么会跟着牝牛上山？要是这里也有人狠狠地揍我一顿，我也活该了！”

恰好这时狼窝里正藏着一个狼头儿。他听见了狼的牢骚，走出洞外，用大棒狠狠地收拾了他一顿。

狼边跑边想：“在这个世界上，就算在自己家门口也不能什么都说。”

浪子回头金不换

（俄罗斯）

从前有老两口，他们有一只公山羊和一只公绵羊。这两只羊非常淘气，从来都不合群，总是由着自己的性子爱上哪儿就上哪儿，找都没地方去找。“你听着，老婆子，”老头说，“咱们得把这两只羊宰了，要不他们吃饱了会闲得瞎闹腾，很可能跑出去就不回来了，到那时可就白白地丢啦。”“对呀，宰吧。”老婆子说。

这时，公山羊和公绵羊就站在窗台下面，偷听了他们的谈话，赶紧逃进了深山老林。跑进林子里后，他俩说：“现在该生一堆火，要不很冷，瞧那露水都是冰冷冰冷的。”

于是他俩去抱柴火，堆成一大堆。现在就缺火种了。

不远处有人在烧炭。公山羊和公绵羊跑去弄了一块炭火回来，把火生起来，便坐下来烤火。这时突然来了三头熊，他们也在火堆一旁坐了下来。

怎么办？公山羊问公绵羊：“绵羊，你想吃点东西吗？”“想。”“怎么样，你枪里装有子弹吧？”“装了。”“斧头磨了？”“磨了。”“那你去弄些吃的来吧。”“不，山羊兄弟，我刚来，不去。”“难道咱们就饿着肚皮睡觉？那你随便挑一头熊打死算了。咱们又没叫他们，是他们自己找上门来的，咱们烧一头当晚饭。”

其中一头熊吓坏了，说：“喂，山羊和绵羊兄弟！瞧，你们的火堆太小了。放我走吧，我去替你们弄好多柴火来，回来烧一堆更大的火，那时再打死我烧了也不迟。”“好吧，那你弄柴火去吧。”羊回答。

熊站起来拔腿便走。他暗自思忖：“见好就得收，我说什么也不回到这里来了。”

另一头熊看到派去打柴的那头熊久久不回，也琢磨开了，心里想：“看来他们下一步就该打我的主意了！”他于是说：“我去帮帮那头熊，很可能他打的柴火不少，都弄不回来了。”“好呀，你去帮帮他吧。”羊说。

就这样，第二头熊也走了，就剩下最后一头了。

山羊等了一会儿，说：“怎么样，熊兄弟？只有杀死你了。你也看见了，那些都走了！”“唉，弟兄们，你们打算用什么烧我呢？一点儿火都没有了呀！最好我去追那两位回来。”“很可能你也不回来了吧？”“哪里，我一定回来，还把那两位也带回来！”“你走吧，不过得赶紧回来，可不能让我们饿死呀！要是让我们自己去叫你们，大家都会弄得很不好的。”

就这样，最后一头熊也撒开腿跑了，跑得很远很远。

“老兄，咱们真能骗啊！”山羊说，“只是这里的每一声响动都叫人心惊肉跳，咱们还是回家吧，反正是豁出去了，不过说不定老头子发怜悯心了呢。”

他俩就这样回家了。

老头子高兴坏了，对老太婆说：“快去给他们喂食！”山羊和绵羊开始受到厚待，因为老太婆可怜他们。她对老头说：“咱们又不是没吃的！不要杀山羊和绵羊了，让他们好好活着吧！”

老虎和貌波

（缅甸）

从前，有个村子里住着一个叫貌波的青年农夫，而离他的地头不远的森林里有一只老虎，他俩很要好。

老虎打算到貌波的村里去弄回一头牛。

“貌波老兄，”他说，“晚上你收工回家的时候，把我也带上吧。”

貌波不答应，说：

“不，朋友，这我不干。我的乡亲因为你偷过他们的牛对你积怨很深。”

“行啊，”老虎回答说，“不想带就别带，我自己也能去。”

貌波实在为自己的朋友担心，一再劝他别到村里去，但老虎不听劝阻，当天夜里就进村去咬死一头牛弄回了森林。

早上，乡亲们发现少了一头牛。他们在通向村里的路上挖了个陷阱，决定要抓住老虎。就在第二天夜里，老虎掉进了这个陷阱。

乡亲们决定饿死老虎。他们不打算杀死他，而是就让他待在陷阱里，上面再盖上原木段。

过了七天，貌波可怜起自己的朋友来。等到周围没人的时候，他偷偷摸到陷阱跟前，掀掉原木段，把老虎放了出来。

老虎一出陷阱，就要扑向貌波，因为他饿了整整七天，都饿疯了。

“你等等，傻瓜，”貌波大声喊道，“这是我呀，你的好朋友！是我救了你的命！怎么可以咬死自己的救命恩人？”

“咳，朋友！”老虎说，“我觉得报恩这种事在人间就行不通！那我干吗要放过你？”

他俩争得面红耳赤，决定要弄清人与人之间是否兴知恩图报，于是他俩出发去寻求答案。

他们在路上最先碰到的是一块牛颅骨。貌波走过去问道：

“喂，牛颅骨！我可怜老虎，把他救出陷阱。可他现在要吃我，这样公平吗？”

“你们人就是不知道什么叫知恩图报。你瞧瞧我吧，当我还是头健壮的牛时，人们给我吃喝。可等我一老，人们就把我宰了，还剥下我的皮。人就是这样报恩的。所以呀，老虎，你把这个人吃了吧！”

后来貌波和老虎看见了一棵孟加拉大榕树。貌波问他：

“叶子绿莹莹、水灵灵的榕树啊，你给我们评评理吧，我救了这只老虎的命，可他要吃掉我。你说这样公平吗？”

“人总是以怨报德！”榕树答道，“就说我吧，很多人都到我树底下来乘凉。可他们又是怎样对待我的呢？他们砍伐我的枝叶，所以呀，老虎，你把这个人吃了吧！”

貌波和老虎又继续朝前走，他们碰见了足智多谋的兔子。貌波问他：

“喂，足智多谋的兔子，你给我们评评理。我可怜这只老虎，把他从陷阱里救出来。可他一出来就要吃掉我。我们是把你当成了不起的法官来请教的。请你告诉我们谁是谁非。”

“好呀，朋友们，”足智多谋的兔子回答，“只是这事不那么简单。我得到现场去看看是怎么回事，这样我才能公平断案。咱们快上现场去吧。”

他们来到陷阱前，足智多谋的兔子问：

“长着锯齿獠牙的老虎，貌波上这里来的时候，你在哪儿呢？”

“我在这个陷阱里，足智多谋的兔子！”老虎回答。

“你怎么到那儿去了呢？我有些弄不明白。”兔子接着说，“怎么样，你去做个待在里面的样子，好让我知道是怎么回事。”

老虎跳入陷阱。这时足智多谋的兔子马上叫貌波盖上原木段。

“你听着，长尾巴，”他对老虎说，“我想出了个公平断案的办法，还是让事情恢复原貌吧，你留在陷阱里，而貌波上他的地里去干活，人不能同老虎友好相处。”

足智多谋的兔子就是这样断的案，所以从那时起人们常爱说这么一句话：“老虎待在陷阱里，貌波到地里去干活。”

兔子和木头人

（非洲）

很早以前有个农夫，他有一大块花生地。花生长势不错，收成十分可观。不过兔子有时跑到地里去吃花生，所以老头和他的几个儿子夜间得到地里去值班看守。只是兔子很狡猾，他弄来两只大桶，来到地边，一边敲桶，一边用骇人的声音喊：

“喂，有人吗？谁还在地里干活？快跑远些吧，汽车要从这里开过！”

老头和他的孩子信以为真，扔下花生地跑了。兔子便不慌不忙地走进地里，挖了两大桶花生后溜掉。后来老头来地里看花生，发现地里什么也没有了。

年年如此，老头一家十分头疼。

有人给老头出了个主意，他做了个木头人，再涂上厚厚一层焦油，把它立在地头。

等到花生成熟，兔子又提着桶来到地里大喊大叫。人们都四下逃散，就木头人还戳在那里。兔子走近一看，说：

“你是什么人，怎么不听从命令？你等着吧。让我给你些厉害瞧瞧，你可别后悔！”

兔子跳起来，一拳朝木头人打去。结果爪子被木头人身上的焦油给粘住了。他喊道：

“听见没有，把我放了，马上放！你怎么啦，疯啦？你别忙，看我给你一脚！”

他一脚踢去，脚爪也被粘住了。他再用另一只爪子去踢，也被粘住了。兔子的四只爪子都被焦油粘住了，再也无计可施，又喊道：

“你怎么啦，聋了？马上把我放了！不放？！看我再用脑袋拍你！”

啪！脑袋也被粘住了。兔子到了山穷水尽的地步，一点力气也没有了，认输了。主人早上过来，看见兔子被焦油粘住了。他走过去，把兔子扯下来交给儿子，让他送回家，并对他说：

“把这只兔子送回家，告诉你母亲，叫她收拾好给我做个菜，我一回去就要吃兔肉。”儿子听完父亲的话，走了。刚走一半路，兔子问他：

“你听清楚父亲的话没有？”

儿子回答：

“听清楚了。”说完，还把父亲的话重复了一遍。

兔子对他说：

“不对，你没听仔细。父亲吩咐把贵客送回家，并转告母亲，叫她杀一只大公鸡招待客人，然后送客人进屋睡觉，让客人休息到他回家。”

儿子对兔子说：

“原来是这么回事儿，谢谢你提醒了我。”

回到家，儿子向母亲转达的不是父亲的话，而是兔子悄悄告诉他的那一通话。

母亲照儿子的话去办了。她去捉来一只最大的公鸡，宰了，烧好后让兔子吃了个饱，然后把他安排在凉快的房间里休息。

等兔子单独留下以后，他马上着手挖地道。正好挖通出口时，男主人回来了。他问妻子：

“怎么样，兔肉烧好了吗？”

妻子说：

“什么兔肉？你只告诉我杀只大公鸡，而不是杀兔子。是你说的要杀只公鸡招待客人，并安排他在凉快的房间休息的嘛！”

老头突然喊道：

“那他现在在哪儿？”

妻子回答：

“在屋里，正躺在床上歇着呢。”

老头气不打一处来，抄起弯刀跑进屋，可兔子早从洞口溜进院子，跑得无影无踪了。

精明兔子傻狗熊

（缅甸）

从前，在密林深处的草丛中住着一只兔子，他又聪明又狡黠，森林中的其他野兽都奈何他不得。

兔子在树丛中闲得无聊，就琢磨着找谁来寻开心。正好这时有只狗熊来到林边。兔子向狗熊跑去，跟他聊了起来：

“狗熊先生，上哪儿去呀？你的块头真大哟，我还从来没见过像你这么大块头的熊哪！”

兔子的盛赞很称狗熊的心，他笨头笨脑地立起身子，目空一切地朝四下看了看。这时突然刮起一阵风，松树被吹得发出沙沙的声响，好像远处的瀑布声。兔子一心想捉弄狗熊，便问他：

“这是什么声音？”

“我说不上来。”狗熊傻呵呵地回答，“我从没听见过这种声音。”

“告诉你吧，这是我爷爷留给我的遗产——瀑布的声音。”兔子说。

“那是一大笔遗产吧？”狗熊问。

“大得都说不清。”兔子说着一蹦，跑开了。

狗熊很想知道兔子都有些什么遗产，于是跟在他后面跑去。

“小老弟，请你说说，你爷爷都有些什么遗产呀？”他央求道。

“我只能让你看看我爷爷遗产中的一件东西，”兔子说，“那是一口大钟。你要想看，就跟我走吧！”

过了一会儿，狗熊和兔子来到一棵大树下，树上有一个大蜂窝。

“瞧，那就是我爷爷留给我的钟，”兔子说着，指了指蜂窝，“不过那不是普通的钟，只要轻轻地敲三下，就能得到你想要的一切。”

狗熊看了一眼车轱辘般大小的蜂窝，相信那就是钟。他很想敲敲这口魔钟。

“就让我去敲三下吧。”狗熊苦苦哀求。

“不，不行！”兔子说。

然而狗熊不听他的，很快爬上了树。兔子见他如此性急，心里甭提多高兴了，但还是装腔作势地朝他喊道：

“你要是没得到我的同意就敲钟，那你什么也别想捞着！你得等我同意后再敲，这样你和我想要的东西才能到手！”

兔子说着，跑到离树远些的地方，躲进草丛里。

“现在我让你敲了，你敲吧！”兔子在藏身的地方喊道。

狗熊举起爪子，朝蜂窝拍打了三下。蜂窝扑通掉到地上，野蜂腾空飞起，成群结队地扑向狗熊，密密麻麻爬满他的全身，狠命蜇他，有几只还钻进他的鼻孔。狗熊吓坏了，疼得什么也顾不上，拔腿便跑。兔子趁机钻出草丛，把蜜全吃光了。

傻母鸡

（非洲）

一只母鸡没有孩子，她去找野猫，请教怎样才能有个孩子。野猫说：“你回家去，把头上的羽毛都拔下来，加点儿盐和胡椒粉，然后回到我这儿来，我会告诉你。”

母鸡走了，野猫生起一堆火来等她。母鸡回到家，拔掉头上的全部羽毛，放上盐和胡椒粉，回来见野猫，说：“我已经照你说的去做了，现在你告诉我吧。”

“好，”野猫说，“你围着火堆转，我就跟在你后面，你还得一遍遍地念叨：‘我想有个孩子，我想有个孩子……’”

母鸡走到火堆跟前，开始围着火堆打转，嘴里不停地念叨：“我想有个孩子……”

野猫跟在后面，突然他抓住母鸡，把她扔进火堆里，烤得喷喷香，然后狼吞虎咽地吃掉了。

跳鼠智胜狮子

（非洲）

狮子经常杀死森林中的野兽，所以森林中的野兽变得一天比一天少。野兽们惶惶不可终日，大伙儿集中起来去见狮子，他们找到他说：

“林中之王啊，我们来求你，请你别把我们都斩尽杀绝，我们答应每天送来一个兄弟给你当饭吃，只求你别动其他的。”

“好，”狮子说，“我同意。”

第二天早上，众兽集中起来抓阄，结果让羚羊抓着了。他们把羚羊给狮子送去。狮子吃得饱饱的，这天就再没去动别的野兽。第三天鬣狗抓阄抓到了，他也让狮子给吃掉了。

这样过去了许多天，终于跳鼠抓到了阄。众兽想把他抓起来，送给狮子，可跳鼠说：

“不，不，你们不许动我，我自己到狮子那里去。”

众兽放过了跳鼠。他回到自己的洞里，躺下来睡着了，一直睡到大中午。

狮子饿着肚子，东西好久都没送来，他气得一跃而起，大声吼叫着跑去找野兽们。

跳鼠听见狮子的咆哮声，醒了过来，从洞里出来，爬到井旁的一棵树上。

等狮子经过时，跳鼠问道：

“出什么事了，你干吗大声吼？”

“我从早上起就在等着你们送吃的，”狮子大吼道，“但什么也没给我送来！”

这时跳鼠说：

“我们抓了阄，这次让我抓着了，我就到你那里去，还带着蜂蜜。可待在这口井里的另外一头狮子拦住了我的道，还夺走了我的蜂蜜。”

“他在哪儿？这头狮子在哪儿？”

“就在这口井里。不过他说了，他可比你力气大得多。”跳鼠回答。

狮子怒不可遏，跑到井边，往井里望了一眼，果然看见一头狮子正在井底望着他。实际上那只是他自己的倒影。狮子开始骂他，井里却没任何动静。狮子暴跳如雷，猛扑下去，结果淹死了。

跳鼠回来见众野兽，说：

“我杀死了狮子，往后咱们可以在森林里过平静的生活了。”

野兽们说：

“连跳鼠都能杀死狮子。看来还是当个有智慧的动物好，这总比只有傻力气强得多。”

狐狸骗鬣狗

（非洲）

据说，有一次狐狸渴极了，跑到井边去找水喝。只见滚筒上绷着一根绳子，绳子的两端各系着一只桶。狐狸坐进上面的一只桶里往下降，另一只桶便往上升。

狐狸喝足了水，可上不来了。一只鬣狗往井里瞧了瞧，看见井水里的月亮和坐在井底的狐狸。

“你在那儿干什么呀？”鬣狗问。

狐狸指了指月亮的影子，说：

“我在吃这个奶酪的一半，另一半留给你。”

“那我怎么下去？”

“往桶里一坐就下来了。”狐狸回答。

在鬣狗的重压下，上面一只桶往下降，狐狸坐的那只桶则往上升。狐狸爬出井外，而把愚蠢的鬣狗留在了井里。

乌鸦和狐狸

（俄罗斯）

乌鸦看见农夫家的窗台上有一块干酪，他偷走后飞到一棵云杉树上，不时地啄上几口。一只狐狸看见了，也想美美地吃上一顿，于是对乌鸦说：“喂，你这只神奇的鸟，你的喙多漂亮哟，给我们唱支歌吧！”

“呱呱！”乌鸦刚一张嘴，干酪便掉到了地上。

兔子和豹子

（安哥拉）

兔子编好一只大筐，到地里去摘南瓜。路上他碰见了豹子。

豹子问他：

“兔子，你提着这么一只筐上哪儿去？”

“去摘几个南瓜，朋友。”兔子回答。

“这只筐比你还大，”豹子笑道，“等里面都装满南瓜，你怎么提得动呢？”

“朋友，”兔子说，“别说南瓜，就是你待在里面我也提得动。”

“你真能吹！”豹子吼道，“你要是摔了我，怎么办？”

“你就打我好了。”

豹子钻进筐里。

兔子警告他：

“我往筐上绑绳子的时候，你千万别乱动，要不会摔下去。”

“好吧。”豹子回答。

兔子拿来绳子。

“你把身子挺直，朋友。”他对豹子说。

豹子挺直身子。兔子用绳子把筐绑好，从怀里掏出一根大棒，朝豹子头上一阵猛击。豹子喊道：

“你这是干什么？”

兔子说：

“因为你恨我们兔子。”

说着，又给了豹子一棒，打得他一命归天。

然后兔子剥去豹子的皮，带上肉回了家。

乌鸦统帅受骗记

（北美印第安）

郊狼在大地上走来走去，跟怪物们打斗，赶在一批批印第安人到来之前创造了一个和平的环境。他越过喀斯喀特山脉，来到皮尤杰特-萨翁德。他饿火攻心，饥肠辘辘，在一处山崖顶上看见一只叼着一块鹿油的乌鸦。郊狼瞥了他一眼，心想那块鹿油大概并不难吃。眼瞧着这么一块美味可口的东西，他越来越饿了，一心想把它弄到手。

他想呀，想呀，而后一乐："我知道该怎么办了，我知道该怎么从乌鸦嘴里夺走那块鹿油了。"郊狼向山崖脚下走去，叫道："喂，伟大的统帅！我听说您的嗓音格外悦耳动听。我知道您是个伟大的统帅，而且是个英明的统帅，这我也听说了。让我听听您的嗓音吧，乌鸦统帅！"

乌鸦听到有人叫他统帅，感到非常得意。他于是答了一声：“哑！”“乌鸦统帅啊！”郊狼大声叫道，“这还太少，您还会唱，您就给我唱上一支动听的曲子吧，我很想听到统帅您雄浑的歌喉。”乌鸦更是扬扬得意，把嘴张得老大，在山崖上大叫两声：“哑——哑！”这样一来，那块鹿油不用说便从他张得老大的嘴里掉了下来。

郊狼很快接住，笑道：“不，你不是英明的统帅，你根本就不是什么统帅。我叫你统帅，是为了诓你，想得到你那块鹿油。我太饿了。现在该你因为自己太傻而饿肚子了。”

聪明的鼠兔

（俄罗斯阿尔泰）

在一条清澈的小溪旁有一片砂石地，砂石地上的两块大石头中间有一条缝，缝中住着一只小小的鼠兔。

这只鼠兔同街坊四邻的鼠兔一起，用牙齿咬断草茎，堆起一个大大的草垛。

而在众鼠兔的栖息地的上方，住着一只火红色的雌狐狸。

在一个大阴天里，狐狸出来打猎。小鼠兔听见狐狸小心翼翼的脚步声，嗅到了狐狸的气味，左右转动着脑袋嚷道：

“噫！噫！狐狸来了！”

众鼠兔哧溜一下子钻进缝中、洞里，砂石地上只剩下一个干草垛。

狐狸嗅嗅草垛，几乎要哭出声来：

“狐狸中还没有吃过干草的呢，莫非要由我来开这个头？”

她扯出一束干草，嚼上两口，却咽不下去，还擦伤了舌头，弄得喉咙直痒痒。

“全怪这只鼠兔！”狐狸生气了，“你等着吧！我要吃掉你，吃掉你的全家。”

接着，她走到两块大石头中间的那条窄缝前，开始尖声尖气地说道：

“嗷——嗷，这里住着一个好勤快的主人，你看他草割得有多齐，晒得干干的，这个草垛也堆得十分地道！这一带就找不出第二个堆得这么好的干草垛了，看来就连人也得向这只鼠兔学习才是。这么聪明的鼠兔，就是看上一眼也算是有福气了！”

鼠兔听了这一番恭维，在洞里都躺不下去了，开始辗转反侧，甚至唉声叹气。

狐狸还在谄媚地说：

“莫非我这辈子就见不着这位麻利的小伙子了？唉，要能跟他聊聊，那该有多舒心啊……”

鼠兔终于憋不住了，把小脑袋探出洞口。

“嘻——嘻——嘻，”狐狸笑笑，“他的脸蛋儿有多漂亮！要再能瞧瞧他的背就好了，都说他的背更漂亮。”

鼠兔藏起脑袋，把背拱了出去。

狐狸立即一把把他抓住，鼠兔想叫也来不及了。

狐狸叼住鼠兔急匆匆地向山里赶去，她要去喂她的小崽。

可怜的鼠兔边哭边喊道：

“唉，我不幸的父亲，可怜的母亲哟……”

一只喜鹊听见这一声声哭号，立马敞开自己镶白边的黑色大氅，紧追着狐狸跑去，嘴里还连珠炮似的说个不停：

“你呀，鼠兔，是自己跑到狐狸嘴里去的，那现在还哭什么呢？”

“我怎么能不哭，怎么能不掉泪？父母亲总是对我千叮咛万嘱咐：‘孩子，你千万不要丢下我们。无论你上哪里去，都要带上我们啊。’可现在你看，喜鹊，我自己到山里去，却把父母扔在家里，为此他们不会原谅我的，会一辈子都生我的气。”

狐狸停下来，依旧咬住鼠兔嘟囔道：

“我可以把你的父母也带上，他们在哪儿呢？”

“不远，就在那一堆石头中间。”

“你快去叫他们来！”狐狸说着，松开了嘴。

“噫！噫！”鼠兔发出一阵尖叫，一钻钻进石头缝中。

狐狸这时才如梦初醒，她扑上去咬住鼠兔的尾巴，死死地咬住不放。

但是，鼠兔也死死地待在洞里，就是不出来。

狐狸一直拉着鼠兔的尾巴，拉呀，拉呀，拉不出来。只见她用尽全力一拽，自己却来了个倒栽葱，后脑勺碰到了石头上，好不容易才站了起来，一看，嘴里只剩下鼠兔的尾巴。

就从那天起，狐狸的脸就拉长了，而鼠兔没有了尾巴。

狐狸智惩狮子

（阿拉伯地区）

一天晚上，狐狸肚子饿得咕咕叫，他从洞里出来在森林里走来走去，想找点儿吃的东西。他走得精疲力竭，但还是什么吃的也没找着。

狐狸想起来了，从昨天起他就没吃过一口食物，心中不由对狮子满腹怨恨，因为正是狮子让他把到手的美味弄丢的。昨天他潜进村里，在离森林不远的地方偷了一只鸭。他本来可以叼着鸭子溜掉，可突然听到了狮吼，只好扔下鸭子逃命。

哼，要不是狮子，他就可以美餐一顿了。他恼恨至极，没顾上看路，突然看见面前就是狮子。狐狸吓得直发抖，但他还是控制住了自己，说：

“狮子，你快跑吧，逃命要紧。马上就要起风暴了。”

“我身子有分量，”狮子回答，“风暴也奈何我不得。”

“那你该怎么办呢？因为这风可是大得很。”

“我躺在地上。”

“风暴能把你卷走。”

“我抱住树干。”

“风得刮好几天，你抱不了这么长时间。”

听他这么一说，狮子确实吓坏了，大声吼道：

“要是这样，那你说该怎么办？”

“让我来把你绑在树上，这样再大的风也奈何不了你了。”阴险恶毒的狐狸出了这么一个馊主意。

“好主意！”狮子同意。

狐狸把狮子绑在树上，在不远处的一块石头上坐了下来。

“那你自己为什么不找一个能避风暴的地方？”狮子问。

“因为不会有任何风暴。”狐狸平静地回答。

狮子气急败坏地大声咆哮。很快，各种各样的野兽都跑来了。

他们看见狮子被绑在树上，而狐狸却若无其事地坐在一旁，他们都感到很惊讶，并问这是怎么回事。

“是我把他绑起来的。”狐狸解释说，“我这是对他昨天让我吃不成晚饭的报复，这对你们大家也应该是个教训，就是强者也不应该随意欺负弱者。”

说完，他大摇大摆地走了，其他那些野兽都既惊恐又崇敬地望着他。

忘恩负义的豹

（非洲）

有个人背着个空口袋在路上走，突然看见树丛中有一只受伤的豹。豹求人道：

“劳驾，请把我藏在你的口袋里吧。”

“你能保证以后不吃我吗？”人问。

豹指天发誓，说绝不会干这种缺德事。于是人把他藏进口袋里，像扛一捆柴一样扛在肩上。

不久，他就碰到那些到处找豹的人。其中一人问他：

“老兄，你见过一只从这里跑过的豹吗？”

“没有，没见过。”他回答。

于是，那些迎面走来的人也不多想，便走开了。这时人把豹从口袋里放出来。

“人，你已经成了我的囊中之物，”豹说，“我要吃掉你！”

“这是干吗呀，豹先生？你要吃掉我？”人问，“我可是救过你的命啊！难道你没听见那些人都说了些什么？我履行了自己的诺言，你却要违反咱们之间的协定。你要是想吃掉我，那咱们去打官司好了，让你的那些同类来帮咱们断这个官司。”

所有的家畜和野兽都到了庭。第一个站起来说话的是鬣狗。“我觉得人该被吃掉！”他说。

接着他说话的那些家畜和野兽也异口同声地说：

“人该被吃掉！”

最后轮到狮子发言。

“那你给我表演一下，看你是怎么救豹的。”他说。

人打开口袋，把豹装了进去。

“好了，”狮子说，“现在把口袋扎起来吧。”

人扎好了口袋。

“现在嘛，”狮子说，“你用矛捅进去，再让我看看捅的结果，然后我再发表意见。”

人用矛扎透口袋，就这样杀死了忘恩负义的豹。

所以，俗话说：不要去抓豹的尾巴，但要是抓住了，就不要松手。

小兽智胜大兽

（非洲）

这是个关于骆驼、大象和地松鼠在一起耕地的故事。

有一次，骆驼找到地松鼠，对他说："我打算耕地了，想找个打下手的。"

"好，我去帮你找个助手，"地松鼠回答，"他可是个力可擎天的大兽。"

骆驼到地里去，把石块清除干净，烧掉地里的枯草。

过了一段时间，大象找到地松鼠，也对他说："我打算耕地了，想找个打下手的。"

地松鼠也回答："好，我去帮你找个助手，他可是个力可擎天的大兽。"

第二天，下过雨后大象到地里去了，他把地翻开来，播下种。一段时间以后，骆驼到地里来锄草，然后大象来锄第二遍。最后骆驼来了，看见谷物已经成熟。他割下谷穗，而后由大象来捆成捆儿。

然而在这整个过程中，大象和骆驼都从未照过面。

等骆驼见到地松鼠，问他：

“我耕了地，却没见过帮手。他在哪儿呢？”

“他马上就到。”地松鼠回答，“不过他吩咐过，叫你挖个大坑来装粮食。”

等大象送来粮食，骆驼已经挖好一个大坑。大象看到地松鼠，也大声问道：

“我耕了地，却没见到帮手。他在哪儿呢？”

“他就在坑里。”地松鼠小声回答，“不过他很生气，怪你这么长时间没送来粮食，他马上就要出来骂你个狗血淋头。”

骆驼这时不无恐惧地听见有个强劲有力的大兽已经来到大坑前，震得坑壁的土块直往下掉。

大象却在想，很可能会有个骇人的大家伙从坑里蹿出来。他吓坏了，扔掉粮食跑回森林里。骆驼听见他的脚步声，马上从坑里蹿出来，也跑掉了。大象和骆驼都跑掉了，只有地松鼠留了下来，把全部粮食据为己有，捡了个大便宜。

傻灰狼

（俄罗斯）

村里有个农民，他养了一只狗。狗从小就帮主人看家，可等他上了年纪，他便不再叫了。主人不再喜欢他，找了根绳子，往他脖子上一套，把他拉进树林。他俩来到一棵山杨树跟前，主人想勒死他，但一看这条老狗泪流满面，实在于心不忍，只好把他绑在山杨树上，自己打道回府了。

可怜的狗留在树林里，边哭便诅咒自己的命运。这时从树林里突然蹿出一只非常大的狼。他一看见狗，便说："你好，花公狗！我盼你来做客很久了。你常常把我从你家里赶走，这次却自己送上门来。只要我愿意，就可以随意处置你。这次我该找你算老账了！""大灰狼，你想怎么处置我呢？""很简单，连皮带骨头吃掉。""你呀，真是蠢到家了！肥肥胖胖的，都不知道干什么了。

你刚吃了美味的牛肉，还会有兴致来啃又老又瘦的狗肉？你干吗要在我身上崩断那一口老牙？我的肉现在就好比那些烂木头。所以我最好开导开导你：快去给我弄来半块母马肉，到那时该怎么办由你。”

狼听了公狗的话，跑去弄来半块母马肉，说：“这是给你的肉！快些养肥吧。”他说完便走了。狗开始收拾肉，吃得一干二净。两天后大灰狼来对狗说：“喂，兄弟，长肥了吧？”“肥了一些。你要是还能给我弄来一只羊，我的肉一定会变得更加可口！”狼对此没意见，他跑到空旷的田野上去，在一个谷地里躺下来，等候牧人赶着羊群从这里经过。后来牧人果然赶着羊群来了，狼在树丛中瞅准了一只又肥又大的羊，上前一扑，抓住后脖颈拉去送给狗，说：“给你一只羊，快快养肥吧！”

狗的健康得到恢复，吃了羊后觉得力气大增。狼来了，问他：“兄弟，现在怎么样？”“还有些瘦。你要是能再给我弄只野猪来，我就会肥得像野猪一样！”狼去把野猪也弄了来，对狗说：“这是我最后一次为你效劳！两天后我要到你这里来做客。”“好吧，”狗想，“我跟你一同养得肥肥的。”

两天后，狼去找养肥了的狗。狗一看见他，便朝他直吠。“喂，你这讨厌的狗，”大灰狼说，“竟敢吠我？”说着，便向狗扑去，想一口咬死他。但狗已经养好了体力，抬起前脚来和狼对打，打得大灰狼身上的毛一绺绺地往下掉。狼最后坚持不住，撒腿便跑，跑远后想停下来，但一听见狗的吠声，又往前跑。他跑进树林，在林丛里躺下，舔跟狗打架落下的伤口。

狼本来想占便宜的，结果便宜没占成，反倒让狗给骗了。

狡猾的狐狸不敌獾

（俄罗斯阿第盖）

狐狸和獾在路上走着，看见一整袋烤肉。狐狸说：

“怎么办？咱们可不能像狗一样就在这路上吃肉。咱们最好是按规矩来。”

獾为难了，说：

“那你说吧，英明的狐狸，咱们怎么办好？”

“先得弄清楚咱俩谁年长，谁年长谁就把肉吃掉。”

“你多大呢？”獾问。

“最好你先说。”狐狸回答。

獾想了想，说：

“天刚开始发蓝，地刚开始冰冻的时候，我就来到了人世。”

狐狸突然伤心地哭了起来，弄得獾一时不知所措。

“怎么啦，你干吗哭，狐狸？”他问。

“我想起来了，就是那年我的独生子死了，我到现在也忘不了他。”

全部肉都让狐狸吃了。狡猾的狐狸吃饱了，他们又往前走。他们走呀，走呀，看见一只死羊羔。

“这次咱们又该怎么办？”獾问。

狐狸吃饱了肉，于是说：

“咱们先躺下来睡一觉，谁做的梦最有意思，谁就吃掉这只羊羔。”

说干就干。他俩马上在灌木丛里躺了下来。吃得饱饱的狐狸很快进入梦乡，獾却饿得睡不着。他爬起来吃掉了羊羔，也睡着了。

狐狸醒了，爬起来推了獾一把，说：

“你说说，都做了什么梦？”

“这次该你先说。”獾回答。

狐狸只好说道：

“我梦见我成了个漂亮的姑娘，成了可汗的女儿。我住在水晶般的王宫里，每天就只顾吃和玩。忠实的奴仆不断地送上美酒和甜食。”

獾喜上眉梢，说：

“真的，狐狸老弟，我看见你做了好梦，所以我想，你吃过那些美味佳肴之后便不会再吃这只死羊羔了，所以我爬起来把他吃了。”

兔子的长尾巴哪儿去了

（格鲁吉亚）

狼决定开垦一块地来种葡萄，叫狐狸和兔子来帮忙。他准备了满满一罐蜜，想好好款待一下这两位帮工。

他们三个都干得很卖力，就是狐狸老憋不住，一心都只惦记着吃那罐蜜。只见他向最近的一棵葡萄藤转过身去喊道：

“喂！喂！”

“谁在那儿？”狼和兔子问。

“叫我去赴洗礼宴呢！”狐狸瞎编道。

“那你就去吧！”狼说。

“快些回来干活。”兔子也说。

狐狸却直奔狼藏蜜罐的地方，他舔够了甜丝丝的蜜后回来。

“你说说，给婴儿取了个什么名字？”狼问。

"开头。"狐狸嘻嘻一笑。

"客人招待得如何，老兄？"兔子问。

"太棒了！"狐狸回答。

大家开始干活。狐狸又一次向葡萄藤转过身去喊道：

"喂！喂！"

"谁在那儿？"狼和兔子问。

"又叫我去赴洗礼宴呢。"狐狸回答。

"那你去吧。"狼让他走。

"快去快回。"兔子也说。

狐狸走了。他一回来，狼和兔子又向他打听婴儿叫什么名字。他回答说：

"中间！"

第三次又是如此。狐狸扔下手中的活儿，把蜜舔了个精光。兔子和狼累坏了，躺下来休息，很快进入了梦乡。狡猾的狐狸偷偷地走到他们跟前，往兔子的尾巴上抹了蜜，然后大声喊道：

"喂，瞌睡虫，你们也该醒了！"

"怎么，你回来了？取了个什么名字？"狼打了个哈欠，问。

“末了！”狐狸哈哈一笑。

“招待得怎么样？”兔子问。

“棒极了！”狐狸不停地舔嘴，“你老兄到底打不打算请我们一顿午饭？”他对狼说。

“请，怎么能不请呢？”狼点点头，“中午到了，该开饭了。”

他奔向藏蜜罐的树丛。一看，罐里全空了。狼回到帮工身边，大声说道：

“有人偷吃蜜了！我要把小偷抓到，把他的脖子拧断！”

狐狸这时说：

“老兄，就在你睡觉的时候，兔子把蜜都舔光了。”

“我没吃！”兔子予以否认。

“你不必否认！要不是你吃的，你尾巴上怎么都是蜜？”

这时狼咆哮着向兔子扑去，要去拧他的脖子。兔子拔腿便跑，狼在后面追，他抓住兔子的尾巴，咬下来一大截。

从此兔子的尾巴就变短了。

老马的故事
（拉脱维亚）

一匹马忠心耿耿地为主人服务多年，后来年纪大了，再也不能干活，主人便对他说：

“我念你多年忠实地为我服务，所以不打算把你送到屠宰场去，而是给你钉上掌后让你离开家。”

主人牵着他去找铁匠，给他钉了最后一次掌，把他赶进森林。

马在森林里转来转去，碰上了熊。熊想跟马打一架。马说：

“你要是想跟我比力气，那咱们就到那块大石头跟前去。谁要能在它身上打出火来，谁的力气就大。”

他俩走近那块石头，马用蹄铁往石头上一击，石头马上迸出火星儿。熊用脚掌去拍，却什么也拍不出来。熊觉得很扫兴，只好怏怏不乐地走开。

他碰见了狼，说他遇到过一只力大无比的野兽。狼说那可能是马，熊却不信。

狼决定亲自去证实一番，请熊把他举起来，把那只野兽指给他看。

熊一把将他抱起，举起来问道：

“怎么样，看见了吗？”

“没有，没看见。”

熊再把他举高一些，抱紧一些，举得更高，抱得更紧。狼受不了，一下子断了气。

熊把狼扔在地上，说：

“唉，你这个大灰狼！还吹嘘自己能打败那只动物呢。可是刚一见着，就吓得断了气。”

为什么乌鸦没吃成螽斯

（老挝）

有一次，乌鸦太太看见一只正在一片绿叶上打盹儿的螽斯，很想把他吃掉。但这时螽斯小伙子正好醒来，抬起小脑袋说道：

“乌鸦太太，我给您猜几个谜。您要是猜中了，就请吃了我吧。”

乌鸦哑哑叫了两声，频频点头，说：

“好，好！好，好！只是你快出谜面吧，别耽误工夫了。”

这时螽斯说：

“您说吧，乌鸦太太，世界上最锋利的东西是什么？”

“太好猜了！哑！”乌鸦喜不自胜地叫了一声，“众所周知，我自己也不止一次亲身体验过，世界上最锋利的是箭头。”

“没猜对，尊贵的夫人。”蠡斯说，“我再出一个谜。你说说，世界上最轻的东西是什么？”

“这也不难猜！那是棉花！棉花！哑！”

“您又猜错了，乌鸦太太。那世界上速度最快的是什么呢？”

“哑！哑！是马车！战车！”乌鸦连声叫。

“不，乌鸦太太，您又没猜对。那现在您说，世界上数什么最有力量呢？”

“老虎！哑！哑！”

“又不对！又不对！那世界上数什么最重呢？”

“土地！我们的土地！哑！”乌鸦愤愤地说。

“不对！还是不对！”蠡斯回答。

他看到乌鸦发火，心里非常高兴。乌鸦本来就是黑的，火一上来变得更黑。她腾空而起，想从上面俯冲下来啄吃蠡斯。蠡斯看到事情不妙，只好连声央求道：

“乌鸦太太，咱们一道去找法官吧，让他来断定咱俩谁对谁错。”

乌鸦没有异议，于是他俩向法官的家走去。乌鸦先向法官说了一通，然后蠡斯才站起来说话。

“尊敬的法官大人！”他说，“乌鸦想吃掉我，我于是对她说：‘夫人，您要是能猜对我出的谜，您随便怎么吃我都可以。’只是乌鸦都没猜对。您自己想想嘛。因为世界上最锋利的是才智，最轻的是无愧的良心，速度最快的是意念，最有力量的是美德与诚实，最沉重的是罪人的灵魂。尊敬的法官大人，请您说说我们谁对谁错。”

法官沉吟有顷，然后点头说：

“蠡斯小伙子是对的。他百分之百正确。乌鸦太太，你输了。”

最后大家走开了。但从那时起，乌鸦一直对蠡斯怀恨在心，只要一见到他们，总要想方设法去把他们吃掉。

鬣狗捞月

（非洲祖鲁）

有一次鬣狗拣到一块骨头，叼起来便跑开了。这时明晃晃的月亮正好升起来，映在一动不动的河面上。

鬣狗看见了，赶紧扔下骨头，跳下河去捞月亮：他以为那是一块腌猪油。不过当然什么也没捞着，只是弄浑了水，月亮的影子也不见了。

鬣狗爬上岸，坐下来等候。水不动了，水面上又映出了月亮。鬣狗再次跃入水中，可又是什么也没捞着。

他就这样反复了许多次，结果每次都是空手上岸。

这时另一只鬣狗来到河边。他看见扔下的骨头，连忙叼起来跑了，留下先来的那只鬣狗还在那里捞月亮。这位老兄一直在那里瞎忙活到天亮，一直到月亮下去，它的倒影在水面上消失。

第二天晚上鬣狗又来到河边，接着又一次次地下水捞月亮，可是什么也没捞着。

所以后来人们常对有类似举动的人说：“你就像那只鬣狗，看到水中的月亮便扔了骨头，到头来却是两手空空。”

上等烤菜

（罗马尼亚）

狼看见一匹母马和一匹小马驹在一起，他饿极了，走过去仔细观察了小马驹一阵，馋得他直咂嘴，狼很想把小马驹弄到手。

“用这匹小马可以做个上等烤菜！”他想。

“喂，亲爱的，”他对母马说，“你肯把他卖给我吗？”

“干吗不卖呀？我卖。”母马回答。

“那你要多少钱？”

“啊，我忘了，价钱就写在我的后掌上。你又不是不识字，自己看好了。”

狼围着母马走了一圈，刚想走到后面去看，不料母马用后蹄猛尥了他一下，只见他头朝地一个筋斗翻下来，一下子咽了气。

这就是所谓的上等烤菜！

乌鸦和虾

（波兰）

一只乌鸦在海面上飞，看见有只虾在游动。乌鸦一个俯冲下来，抓住虾，叼着他飞过河口湾，向着森林飞去，想在那里找棵树枝落下来，美美地吃一顿早餐。虾看到情况不妙，便对乌鸦说：

“喂，乌鸦，我认识你的父亲和母亲，他们都是好人！”

“嗯。”乌鸦连喙也不张开，回答。

“你的兄弟姐妹我也认识，”虾说，“他们一个个也都很善良。”

“嗯。”乌鸦用鼻音说，还死死地叼住虾。

“不过虽说他们都是好人，”乌鸦说，“但要跟你比起来，那可就差多了。我觉得，世界上就数你最聪明。”

“那当然啦！”乌鸦扯着嗓门大喊一声，结果把虾掉到了海里。

动物的争议

（哈萨克斯坦）

羊年对人们来说是年景最顺的一年。牛年常刮暴风雪。人要是生在狗年，又不去保护狗使之不挨揍，那他这辈子的日子都不会好过。

羊年、马年、牛年、蛇年、雪豹年、鸡年、蜗牛年和猪年都有自己的说法。

但第一年是鼠年。

老鼠到底是怎样争到第一年的，这事很值得一提。

动物们争论了很长时间：第一年该属于谁。

牛说："我供给人们奶水、肉和皮，第一年理应属于我。"

"你供给的东西我也都供给，除此之外我还给人当坐骑。"马回答。

"可你是个娇气包！"骆驼对马说，"难道你的力气能跟我的比吗？把我驮的东西分一半给你，你非得趴下不可。你吃东西也很讲究，得喂你上等草料、燕麦，得让你饮泉水。可我就吃那些芽刺，还可以一连好几天不吃东西。我的奶水也挺好喝，肉也可以吃，皮还很结实。”

这时，羊用结实的脑门儿顶开了大伙儿，跑到中间大声嚷道：“好呀，要没有我，哈萨克人用什么毛来擀羊毛毡，用什么来搭建毡房？我的皮可以用来缝皮袄，羊的尾巴油是最好吃的食物。我供给人们奶水和奶酪。第一年应该属于我！”

大家都不吱声，都认为羊说得在理。但这时狗跳了出来。

“羊说的都是废话！要没有我，狼早把他吃得连骨头都不剩了。”

众动物争了很长时间，一直争到大半夜。只有老鼠不吭声。但等大家都吵累了，不仅骆驼，就连公鸡说起话来也细声细气的时候，老鼠提议说：

“谁第一个看到日出，谁就可以得到第一年。”

大家都很赞成，尤其是骆驼，他寄希望于自己高大的身材。

于是，大家都把身子掉向东方，开始等候。老鼠和骆驼紧挨着站在一起。

“小傻瓜，难道你也想第一个看到日出？”骆驼冷冷一笑。

“反正清晨比晚间头脑清楚就是了。”老鼠回答。

“我比谁都高,一定最先看到日出！”骆驼自吹自擂。

天快亮时，大家都紧张地望着远方。

忽然，老鼠最先叫了起来：

“太阳！太阳！”

直到这时骆驼才明白，老鼠是在他的背上叫的。这只小老鼠不知什么时候攀着他的长毛偷偷摸摸爬上了他的后背。

骆驼把老鼠甩下来，用脚掌踩住。狡猾的小老鼠从他脚掌下面钻出来，又钻进一个灰堆里。

就这样第一年成了鼠年。

骆驼由于粗心大意，被剥夺了以其名命年的资格。

这就是没有骆驼年，而且骆驼只要一看见灰堆就在上面打滚的原因。他仍抱着能把可恨的老鼠压死，把第一年夺为己有的希望。

机敏的老鼠

（哈萨克斯坦）

有一次，一只老鼠待在洞口。突然间下起一场冰雹，一粒雹子砸在他的大腿上。老鼠吓得一阵疾跑，路上碰见了熊。

“你跑得这么快是在躲谁呀？”他问。

“有敌人进攻我们的村子，”老鼠说，“我大腿受了伤，所以才跑哩。”

“是啊，要是敌人已经逼近，”熊说，“那我和你一道跑。”

现在已经是熊和老鼠一起跑。迎面来了老虎。

“你们是在躲谁呀？”老虎问他们。

“敌人进攻我们的村子，我们的大腿受了伤。”熊回答。

“既然如此，我也同你们一起跑。”老虎说。

他们再往前跑，路上碰见了狼。狼问他们：

“你们这是在躲谁呀？”

“敌人进攻我们的村子，”老虎回答，“所以我们才跑。我们仨大腿都受了伤。”

“既然如此，我也跟你们一起跑吧。”狼说。

他们遇见狐狸。狐狸问他们：

“你们这是在躲谁呀？”

“敌人进攻我们的村子，”狼说，“所以我们才跑。我们的大腿都受了伤。”

“我也同你们一起跑。”狐狸说。

路上他们还带上了獾。他们跑了很多天很多夜，肚子都跑饿了，但又不知道该怎样才能解饿，于是向老鼠请教：

老鼠对此回答说：

“我们对老虎大叔可是都很尊敬，谁也不会去动他一根毫毛；熊是我们的兄弟，谁也不会去动他；狼是我们的信息员，谁也不会去动他；狐狸是给我们跑腿儿的，谁也不会去动他；而对于我们而言，獾却什么也不是，那我们就把他撕来吃了吧。”

他们撕着吃了獾，然后又往前走。可是很快又饿了，于是再次请教老鼠。

“我们对老虎大叔可是都很尊敬，谁也不会去动他一根毫毛；熊是我们的兄弟，谁也不会去动他；狼是我们的信息员，谁也不会去动他；而对我们而言，狐狸却什么也不是，我们就把他撕来吃了吧。”老鼠说。

他们又撕着吃了狐狸。剩下的四只动物又走了好几天。他们又走饿了，又再次请教老鼠。

“我们对老虎大叔可是都很尊敬，谁也不会去动他一根毫毛；熊是我们的兄弟，谁也不会去动他；而对我们而言，狼却什么也不是，我们就把他撕来吃了吧。”老鼠说。

他们扑向狼，把他撕成好几块，吃下。三个朋友再往前走，又走饿了，于是再次请教老鼠。

老鼠回答他们说：

“我们对老虎大叔可是都很尊敬，谁也不会去动他一根毫毛；而对我们而言，熊却什么也不是，我们就把他撕来吃了吧。”

他们撕着吃了熊。最后就剩下了老虎和老鼠了。他们重新起程，走了好些天，肚子又饿了。他俩躺下来睡觉，互相间隔得很远。上次在剥熊皮的时候，老鼠偷偷地把熊的眼珠子藏了起来，这时他又偷偷地把藏起来的熊眼珠掏出来吃。老虎发现了，问他：

“你这是在吃什么？”

“我饿得再也受不了啦，把自己的两个眼珠子都挖了出来，现在就吃它们哩。”老鼠回答。

“那我也挖自己的眼珠。”老虎说完，把自己的眼珠子挖出来便咽了下去。

老虎很快死去，狡猾的老鼠吃了好多天的老虎肉，最后顺利地回到了自己的洞穴。

小小的副手解决大问题

（南斯拉夫）

从前，有一户人家养有一条狗。因为狗上了年纪，主人便把他赶出了家门。狗在路上边走边哭，迎面来了一只狼。

“狗啊，你有什么伤心事呢？”

狗回答：

“不用你管，狼，反正你也帮不了我的忙。”

可狼还是一再求他说出是什么事叫他如此伤心。狼听了以后，说：

“瞧，这不过是一桩小事，我来帮你这个忙。你听我的话好了！明天你的主人要带几个大孩子去割草。中午时分，女主人去给他们送饭，会把小儿子也带去。午饭后大家又开始干活，小儿子就放在林边的阴凉地里。你先躲在田埂上，等他们都去干活之后，便偷偷地走到小孩跟前。这时我一个箭步从树林里蹿出来，一口把他叼住，像是要把他拖走。你就开始吠。一听见你叫，你的主人肯定会跑过来，我拔腿便跑，你就追上来把孩子夺走，只是你千万别咬我。”

果然第二天，女主人带着孩子送饭来了，狗偷偷地来到孩子跟前，狼也在悄悄地向这个方向靠近。狗吠了起来，主人们跑过来，狼飞快地向树林跑去，狗在后面追，但一时性起，把事先约好的都忘了个精光。他追上狼，一口咬住狼的一条腿，狼疼得嗷嗷直叫，挣脱后便逃进树林不见了。主人高兴得不得了，把狗领回家，喂他面包和奶酪，以示对他的感谢。晚上，狗到村里去散步，碰见了狼。狼见到他便骂了起来。

“你这没出息的家伙，”他骂道，“谁叫你咬我的？事先我都跟你说好了，叫你别动我一根毫毛。我现在要同你决斗。我们到村子后面的树林里去会合。我带上自己的副手，你也带上自己的证人。你要是想溜掉，我就吃掉你，叫你连骨头也剩不下一根。”

狗忧心忡忡，拖着步子慢慢地向家里走去。他噙着伤心的泪水，一边走，一边自言自语：

“我上哪儿去找一个不怕狼的副手呢？除非去找一条狗，可是这又有什么用？狼要是也领来一只狼，那我们两个都完了……”

这时，正好有一只猫从一旁经过，听见狗在嘟囔，问他：

“狗，你在哭什么呀？是发生了什么不幸吗？”

“唉，猫呀，你帮不了我的忙。狼叫我去同他决斗，还要我带上一个证人。”

“你别难过，狗，这是小事一桩。我跟你去！”

“你这个小不点儿，哪是他们的对手呢！”

狗最后还是同意带猫去当证人。

第二天夜里，狗和猫在一起会合后，便到树林去了。猫走在前面，把尾巴高高竖起，看上去像个烟囱。当他们走到树林的时候，发现狼同他的副手熊早已在那里恭候多时。狼看见对手已经靠拢，对熊说：

“你看看，狗带什么野兽来了？你见过这样的怪物吗？咱们这样好了：我钻进树叶堆里藏起来，你就爬到橡树上去。”

他们马上照此行动。狼钻进枯叶堆里，熊爬到橡树上去。狼吓得都不敢大声呼吸。他很想稍稍探头出来，好看看周围的动静，可树叶老沙沙响。猫听见了响声，很快扑了过去，看见有一只狼耳朵从树叶堆里戳出来。猫一蹦，用爪子去抓狼耳朵。狼吓坏了，拔腿便跑，由于跑得太快，一头撞到石头上，顿时一命呜呼。猫吓得蹿上熊藏身的橡树。熊看见了，心里在想："你这家伙，解决了狼，现在轮到来收拾我了。我往下跳吧，别去惹这麻烦。"他纵身往下一跳，也合该他倒霉，正好落在撞死狼的那块石头上，也顿时断了气。猫跑到狗跟前，说：

"你看见我是怎样把他们都解决了吧？可你原先还不想请我当副手哩！趁你一回头的工夫，我就把两头野兽都一举解决了。这是我自己干的，你只是站在一旁看热闹。"

狗心头大悦，谢过猫，他们便高高兴兴地回家去了。

熊是怎样丢掉尾巴的

（俄罗斯）

从前有一只狐狸，挨着他住的地方不远的一个小树林里住着一只熊。他们经常见面，跟亲兄弟一样和睦相处。那时候熊有一条毛蓬蓬的长尾巴。

一次，狐狸对熊说：

“我这就去捕鱼，想去弄些新鲜鱼来吃。”

熊问：

“小兄弟，你赤手空拳怎么去捕鱼呢？”

狐狸说：

“很简单：把尾巴往冰窟窿里一伸，鱼自个儿就来了，他们喜欢拽尾巴。”

狐狸就这样捕鱼去了。

正好那里有渔夫在捕鱼。狐狸像死了似的躺在冰面上。渔夫们捕到不少鱼，他们把鱼堆在爬犁上，然后赶着爬犁回家。路上他们看见了狐狸，把他也捡起来放在爬犁的鱼垛上。狐狸咬破装鱼的袋子，把鱼扔了一路，然后自己跑了。

狐狸坐在那里吃鱼。熊看着都眼红了，心想："我也能这样抓到鱼！"

熊到河面上去，把尾巴伸进冰窟窿里，就这么坐着。

他坐了很长时间，都坐腻了，心里在嘀咕："让我把尾巴拽出来看看吧，没准上面已经有不少鱼了！"

他开始从水里往外拽尾巴，可尾巴冻在冰上了。他用力往外拽，就这样尾巴被拽断了。

打那时起，熊便没有了尾巴。现在熊根本就没有尾巴。

为什么狐狸的胸口有一撮白毛
（俄罗斯恩加纳桑）

古时候，一只乌鸦落在自己窝旁的一棵树上，嘴里叼着一小块肉。狐狸来了，说：

“你好黑啊，真帅！说不定歌也唱得不赖。我要能听听该有多好呀！”

乌鸦觉得这话很中听，张嘴“呀”了一声，肉块掉了下去，让狐狸给吃了。这之后狐狸说：

“我还要吃掉你的一只小雏。”

乌鸦回答：

“甭想，以后你再也骗不了我啦。你怎么能爬上树呢？”

“不，我要吃。我干吗要爬到树上去？用斧头将它伐倒就得了。你瞧，我有斧头。”狐狸让乌鸦看了看他的尾巴，然后开始用尾巴击打树。

乌鸦求他别伐树，把一只小雏扔给他。狐狸吃下便走了。

这时飞来一只小鸟，他看见乌鸦在哭。

“乌鸦，你在哭什么呀？”小鸟问。

乌鸦说狐狸要伐树，并且吃掉了他的一只小雏。

“你怎么这样傻，”小鸟说，“那哪是什么斧头，那是尾巴。狐狸什么也干不了，那你干吗要白给他一只小雏？”

一段时间过去了，这些话传到了狐狸的耳朵里。

“我会叫你付出代价的！”他心想。

有一次，狐狸正躺着，小鸟飞来，落在他的对面。

“你飞来了正好。”狐狸说，“我身上长了不少虱子，你落到我头上来找找虱子吧。”

小鸟知道狐狸奸诈，不敢飞得太靠近，只是在他四周蹦来蹦去。这时狐狸说：

“你真笨。像你这样动作如此灵巧和利落，还有什么好怕的呢？你就落到我的头上来找吧！”

小鸟想了想，落到狐狸的后脑勺上，开始找虱子。狐狸看抓不到小鸟，只好把爪子伸出去，把脑袋搁在上面，说：

“你落到这里来！”说着，他指了指鼻子尖儿。

小鸟落下了。狐狸抬起爪子去抓小鸟，小鸟却飞走了，他只抓住小鸟的一支白羽毛，并且把它粘在他自己的胸口上。这就是为什么狐狸的胸口上有一撮白毛。

狐狸和江鳕

（俄罗斯埃文基）

狐狸在河岸上看见一条江鳕。江鳕躺在一块石头边上一动也不动。狐狸说：

“江鳕，都说你不会跑，你是在躺着，还是在睡觉？”

“不，狐狸，我跑得并不比你慢。”江鳕回答。

“你这就是在吹牛嘛。要不咱们来往河的上游跑，到时你就会知道根本不是我的对手。”

江鳕没表示异议。狐狸说：

“等到我们跑的时候，我在每个河湾处都停下来叫你一声，你得回应我，好让我知道你在哪儿。”

“好。”江鳕说，“咱们跑！”

他俩把什么都说好了，便开始跑。狐狸在岸上跑，江鳕在浅水里游。原始森林里四周围的响动能听得一清二楚。

狐狸想以巧计胜过江鳕。他知道这条河河湾不少，但没看见从河口到源头，这条河里几乎全是江鳕。为了跑在江鳕的前面，他并不顺着河湾跑，而是扯直跑。他这是想要滑头。

江鳕往上逆水游了不久，游到邻居跟前，请他快游到上游去把他和狐狸打赌的事告诉自己的邻居，并转告所有的江鳕，等狐狸叫“江鳕，你在哪里？”时，大家都回应：“我在这里。”

狐狸还在很远的什么地方跑，可江鳕们互相间已经串通好了，都躺在原地等狐狸到来。狐狸曾把所有的兽类都骗过了，其中有狼獾、狼，现在他在想：“这次我也要把江鳕给骗了。”狐狸跑到一个河湾处，高声叫道：

“江鳕，你在哪儿？”

“我在这儿！”躺在河上游的一只江鳕应答。

狐狸又笔直地在原始森林中朝前跑，又跑到一处河湾。

“江鳕，你在哪儿？”

“我在这儿！”

江鳕又跑到了前面。

狐狸跑得更快了。然而不管他什么时候跑到河边，不管他在哪个河湾处喊叫“江鳕，你在哪儿？”他都能听到江鳕在前边的回答。

狐狸仍不服气。他找到一条更直的路，竭尽全力跑向河的上游。等他都快跑到了，心想：“这下子我可跑第一了。”

“江鳕，你在哪儿？”狐狸一声喊。

可江鳕已经躺在那里回应他道：

“我在这儿，狐狸！你怎么跑了这么长时间呢！”

从那时起，大家都叫狐狸吹牛大王，把这条河叫江鳕河。

狐狸见谁都骗，任何一种动物都被他骗过，可就江鳕他没骗成。

可怕的兔子

（俄罗斯楚科奇）

有一次，兔子找到一只被狼咬死的山羊，开始烧来吃。这时一只北极狐向他走来。

“你好！”

“你好！”

北极狐问：“你是怎样弄死这只羊的？”

兔子回答：“很简单：偷偷地走到他跟前，靠得越近越好，然后冲他大喝一声！羊马上吓得倒地毙命。”

北极狐对兔子说：“喂，你教教我，让我也去弄死一只羊！”

兔子回答：“你偷偷地走到羊跟前，靠得很近很近，然后大喝一声！”

北极狐答应道：“好吧，我去猎那些山羊试试看！”

北极狐出发去打猎。他跟踪一只山羊，偷偷地摸到他的跟前，大喊一声。山羊跑开了。

北极狐又来找兔子。兔子问他："怎么样，弄死羊了？"

北极狐回答："没有，弄不死他。我嗓门儿不小，可羊并没倒地毙命，而是跑开了！"

兔子问："羊跑开的时候，你没有冲他背后喊？"

北极狐回答："没有，什么也没喊。"

兔子这时说："唉，你可真是笨到家了！连一只羊都弄不死！当羊跑开的时候，你为什么不在他后面喊'你站住，站住！'这样他就一定会倒地死去！"

北极狐让兔子给吓住了，转身便溜掉了。边跑边说："啊——呀——呀！你说不定也会把我吓坏的，吓得我一命呜呼！"

同傻瓜交朋友不会有什么好结果
（非洲豪萨）

虱子搬到财主家去住，在枕头和被子中间安顿下来。食物就在身边，不用下床就能找到。有一次他在枕头上散步，看见一只跳蚤在缓步行走。

“高明的行家，疼痛的主宰啊，你这是到哪儿去呀？”虱子问。

“去找吃的东西。你也知道，只待在一个地方什么吃的也找不到。”跳蚤回答。

“上我这儿来吧。”虱子说，“从今天起，只要你举止得体，就不会有什么可抱怨的了。过来吧，咱们一同住。你看，这个地方多安静，管保你吃饱喝好。”

“谢天谢地！今天我要赞美友谊。因为要是没有友谊，就不会有帮朋友忙的人。”跳蚤说。

夜降临了。虱子和跳蚤钻到被窝里开始等候。等主人躺下来睡觉，虱子说：

“咱们走！”

他爬到主人身子的一侧，在肋骨之间咬了一口，然后迅速地爬走。主人只觉得稍微有些痒，挠了挠，还以为是草垫里的一根小草刺了他一下而已。

“喂，高明的行家，你挑个中意的地方下嘴吧。”虱子对跳蚤说。

说话间，跳蚤狠狠地咬了一口主人的大腿，咬得主人从床上跳起来喊道：

“来人呀，快送灯火来！”

等送来灯火，主人找到了跳蚤，顿时把他捻死了。

不过虱子也倒了霉，因为主人交代明天把整个床搬到太阳底下去晒。

等一场风波过去之后，虱子偷偷地爬到床外。他看见了被捻死的跳蚤，气冲冲地说：

“唉！就有这种人，真主给了他整个宇宙，他却不知道该怎么办好。原来我同主人生活得多自在啊……可今天来了这么一个家伙，结果把事情弄得这么糟糕，什么都叫他给弄砸了！”

牛散虎逞威

（缅甸）

从前，有一群放牧在森林里的牛，这些牛每时每刻都在一起，没有一头离群。

森林里有一只阴险狡猾的老虎，他非常想美美地饱餐几顿牛肉，但要对付一群牛，老虎却无从下手。

于是老虎决定，要把牛群隔离开。有一次，他偷偷地接近一头牛，悄声对他说：

“喂，直犄角，你知道吗？那头弯犄角，还有那头两边肚皮凹陷的牛要抵你！”

接着，他又找到另一头牛，也悄声对他说：

“喂，长尾巴，我看你在这儿像没事儿似的。难道你没看见那头直犄角，还有那头毛发亮的牛那不可一世的样子？他们那是想抵你。”

老虎对每一头牛都说了相似的话。渐渐地，他们开始互相猜疑，很快就结了仇。他们不再像往常那样聚在一起，而是分开去吃草，分开去喝水。

老虎离间了这些牛之后，不费吹灰之力把他们一个个地吃掉了，不管是直犄角、长尾巴、花斑，还是毛发亮和两边肚皮凹陷下去的牛，都成了他的美味佳肴。他就这样吃掉了整个牛群。

所以，从那时起，缅甸开始流传“牛散虎逞威”这样一句名言。

一头顶呱呱的骡子

（英国）

有个人想买头骡子。邻居家正好有这么一头，就想卖给他。邻居对他说，这可是一头顶呱呱的骡子。他俩成交了。第二天新主人骑上骡子出门，还没走上两里路，骡子突然不再往前走，两条后腿坐下来再也不动弹。主人赶他、推他，说尽了好话，都无济于事。直到主人气极了，用一根细树枝狠狠抽他，骡子才站起来慢吞吞地往前挪步。

天黑前那人筋疲力尽地把骡子牵了回来，气冲冲地对卖主邻居说：

“我已经受够了！您说他都被调教好了，脾气挺好。可我看恰恰相反，这头骡子的脾气跟驴一样倔强！”

“你们是不是碰到兔子了？”邻居问。

“兔子？没有，没碰见。这跟骡子又有什么关系？”

“您瞧，我忘了告诉您，他最擅长追踪野兽。他显然是发现了兔子，就像他平时在这种情况下一样，他是俯下身来等兔子哪。”

“这我可从来没听说过。”那个人好不奇怪。

“好了,这是我的疏忽。除了爱追兔子,其他方面嘛,算得上是一头蛮不错的骡子。”

“那我以后就尽量别骑着他经过有兔子出没的地方。要是就这个毛病，那我还是把他留下吧。”

第二天，那个人又骑着骡子出门。路上他们得过一条河，走到河中央，骡子又像上次那样两条后腿坐下来，险些没把那人掀翻到河里。不知花了多长时间，那人才使骡子站起来往前走。他真气坏了，很难听地骂了骡子一通，当时就回到村里，把骡子牵回去还给原来的主人。

“把这畜生还给您吧,我今天因为他差点儿被淹死!这鬼东西在河中心坐下来，说什么也不肯再往前走，我好不容易才把他赶上岸。”

“噢，这不足为奇，”这位邻居说，“他对鱼比对兔子还感兴趣呢。”

大雁带人飞上天

（拉脱维亚）

有个农夫在湖岸上播种豌豆，不料招来一群大雁。每天天一亮，大雁便来吃豌豆，气得他不知怎么办才好。

这个人想了又想，也拿不出什么好主意。开枪打他们吗？但打中一只，其余的就都飞跑了。用棍子揍他们吗？也许能揍死，也许不能。真是无计可施。

“不过等等，”他想，“我去买些蜂蜜和白酒回来，掺好后浇到豌豆地里。”

说干就干。早上，大雁又飞来了。他们啄吃了一阵豌豆，结果醉倒了，再也动弹不得。而那位老兄正盼着这样呢。他马上取来绳子，拴住所有大雁的腿，另一端系在自己的腰上，拖着大雁往家走。

谁料，半路上大雁醒过来，一阵咯咯大叫，接着腾空而起，把农夫带到了半空中。

大雁飞过湖泊，农夫心惊胆战，生怕掉进水里。大雁飞过森林，农夫浑身发抖，生怕被尖尖的树梢刮破皮肉。大雁飞呀飞呀。突然，农夫发现下面是一片长满苔藓的沼泽地。他高兴得了不得，心想："这下子掉下去不用担心了。"他取出刀子，割断了绳索。

只听见"扑通"一声，农夫掉进沼泽地，大雁们还以为是有人向他们开枪射击呢，于是叫得更响，也飞得更快了。

可怜的农夫陷入齐腰深的泥潭，既爬不出来，也动弹不得。他在那里待了一天，两天，肚子都饿瘪了。

算他走运，一只狼从他身旁跑过，农夫毫不犹豫地抓住狼尾巴，狼拼命挣扎，农夫总算脱身了。

第三天，农夫半死不活地回到家，妻子和儿女们都乐不可支，一个劲儿地笑话他。

从那时起，大雁便有了成群结队飞行的习惯，就像被绳子拴成了一串。

狗和啄木鸟

（俄罗斯）

一个农夫把一只老狗赶出了家门。狗打定主意到空旷的野地上去捕捉田鼠为食。他朝野地走去，一只啄木鸟看见了他，跟他交了朋友。狗说：“我实在太饿了。”啄木鸟回答说：“那咱们到村子里去吧，那里正在举行婚礼，保管你吃个饱。”

啄木鸟飞进正在举行婚礼的那家农舍，开始在桌间飞来飞去，客人们抓起东西砸他，很多吃的都掉到了桌子底下。狗正好趁此混乱时机不声不响地溜进屋，钻到桌子底下，吃饱后便走了。“怎么样，吃饱了？”啄木鸟问。“是饱了,就是还口渴！”狗说。“到另一家去吧，那家的老头子正从桶里往外滤酒。”

啄木鸟从小窗飞进去，落到桶上，开始啄桶底。老头想打啄木鸟，将漏斗朝他砸去，可没砸中；漏斗不知滚哪儿去了，老头东跑西跑都没找着，酒却洒了一地。

狗钻进屋里，喝足后便往回走。他跟啄木鸟走到一起后说：“我现在是又饱又醉了，很想痛痛快快地笑一场！”“行啊。”啄木鸟回答说。

他们看见有人在脱粒，啄木鸟马上落到其中一个人肩上，啄他的后脑勺；另一个小伙子攥着一根棍子，他想打鸟，却不料将那个人打倒在地。

狗哈哈大笑，笑得在地上直打滚。

后来啄木鸟和狗跑到空旷的野地上，遇见一只狐狸。啄木鸟飞得忽高忽低，在逗弄狐狸。狐狸在他后面拼命追赶，狗则趴在地上，悄悄地跟在狐狸身后，上去一口咬住，正要把他吃掉。

这时，一个农夫正拉着一车瓦罐去卖，看见狗按住了狐狸，连忙抡一根大棒赶去，用力一击，将狗和狐狸通通击毙。

啄木鸟恨透了老头，落到他那匹马的脑袋上，啄马的眼睛。农夫手执木棒跑过去，想一棒打死啄木鸟，却把马打得倒地死去。啄木鸟闪到一边后再飞到车上，从那些瓦罐上面飞过，还用翅膀拍打。农夫在后面紧追，一棒棒地朝车上砸去，把所有的瓦罐都砸得稀巴烂，然后两手空空地回家了。

啄木鸟也飞回了树林。

慢性子乌龟

（俄罗斯）

乌龟大婶打算烙馅饼，才想起家里没有酵母。

“老头子，快醒醒，你也睡得差不多了！快起来到隔壁母兔那里去跑一趟，讨些酵母回来。”

乌龟大叔迷糊中埋怨了几句，微微睁开眼睛，不高兴地问道：

“你要干什么？”

“我说，你快跑到母兔那里去讨些酵母回来……”

“我这辈子还从没跑过，走倒是可以。”乌龟大叔嘟囔说。

他坐起来，想了想，挠一阵腰，哼哼着小心翼翼地爬下炕。

“你快一点呀，我的老祖宗！”乌龟大婶催他。

“急什么嘛？俗话说：忙中易出错，招人笑断肠。”

等他爬下炕，穿好毡靴，披上无领上衣和戴好帽子，一个星期过去了。

“你还在那里磨蹭什么呀！快走吧，时间不等人啊！”

“瞧，我不知道把宽腰带放哪儿了，无论如何也找不着。”

“我就知道你会这样！”乌龟大婶大声说着和乌龟大叔一同找腰带。

而乌龟的忙乱大家都知道是怎么回事：就在他们找腰带的工夫，一个星期又过去了。

乌龟大叔竖起衣领，把一条腿迈出门外，接着又另一条……看来这下子他真的动身了。

“你可别耽误，我都已经请客人来吃馅饼了！”

“我知道，我知道……”

“带盛酵母的家伙了吗？”

“唉，都忘光了……你去拿一趟吧，我懒得回去了。”

“这要是兔子，他早转身回去取了！你却像狗熊在蜂场上一样，老待在一个地方不愿动弹。”乌龟大婶把盛酵母的家伙递给他时说。

“兔子有什么了不起！他就会蹦蹦跳跳。我可是个有家产的人，到哪里都得带上自己的家。这你要明白！”

乌龟大叔把家伙抱在怀里，将帽子拉得很低，便上兔子家去了。

他走了以后，乌龟大婶得意非凡，因为这下子客人可以饱餐一顿烤得焦黄且味道鲜美的白菜、大葱和蘑菇馅的馅饼了！她马上动手准备馅儿。

天黑了，乌龟大叔按说也该回到家了，可一直不见他的影儿，为此客人们根本没能吃到馅饼。一天过去，又一天过去，还是既没能弄来酵母，也不见乌龟大叔的面儿。过去了一年、两年、三年。乌龟大叔消失得无影无踪。

“他到哪儿去了呢？要说路远也罢，可这也就几步的路……”乌龟大婶在想。

四年过去了。

“那我，”乌龟大婶想，“还是到村口去看看吧。”

她披上头巾，向门口走去。一看，乌龟大叔正在大街上匆匆赶路呢，还把用泥钵装的酵母紧紧抱在怀里，免得掉了。

“瞧，终于回来了！”乌龟大婶喜出望外。

不到一个小时，乌龟大叔已经拐进自家院子，走到门口停下来稍事休息。

等缓过气来以后，他开始爬门槛。一条腿顺利地迈了进去，可破毡靴被挂住了，于是直着身子摔倒在地。脑袋在屋里，两条后腿还在门外。装酵母的容器被摔得粉碎，酵母流了一地。

“唉，你呀，真走得快！去了好几年，还拿不到家！只是白白浪费时间！”

“是啊……”乌龟大叔嘟囔道，“我就告诉过你嘛，做事急不得，急了要出事。你瞧，这不就出事了！俗话说得好，‘忙中易出错，招人笑断肠’啊！”

可怕的客人
（俄罗斯）

从前有一只狗獾。他白天在家睡觉，夜间出去觅食。有一次，他夜里出去找吃的，肚子还没填饱，天就亮了。

狗獾得赶在太阳出来之前赶回自己的洞里。他躲开人和狗，专挑阴凉处和黑土多的地方匆匆赶路。

狗獾来到洞口。

“呼噜……呼噜……”突然他听到一种莫名其妙的声音。

“这是怎么回事？”

狗獾一下子睡意全无，身上的毛奓起，心脏都快蹦出来了。

“我还从来没听到过这种声音……”

“呼噜……呼噜……”

“我还是回到森林中去吧，去叫上那些和我一样有利爪的动物，找老熊说去，我可不能独自在这里替大伙儿去死。”

狗獾这么想着，跑去找那些有利爪的野兽来帮忙：

“哎哟，我的洞里有个可怕的敌人！你们快去帮帮我的忙吧！救救我的命啊！”

众兽赶来了，都把耳朵贴在地上。那声音把地都震得抖动呢。

“呼噜……呼噜……”

所有野兽身上的毛都奓起来了，只听见他们说：

“狗獾，这是你的家，你第一个进去吧。”

狗獾转过身。那些有着利爪的大兽都围着他站着，催他：

“进去吧，进去吧！”

可是他们一个个都吓得夹紧了尾巴。

“怎么办呢，”狗獾想，“该怎么办呀？”

“你干吗不动窝？”熊一声大吼。

狗獾在万般无奈之下战战兢兢地向主洞口走去。

“呼噜！”里面的声音像炸雷。

狗獾往旁边一跳，晃晃悠悠地向另一个洞口赶去。

“呼噜！”从八个备用洞口都传出这样的声响。

狗獾着手刨第九个通道。要毁掉自己的家真心疼，可又有什么办法，阿尔泰一带所有的猛兽都集中到这里来了。

“快刨呀！快刨呀！”他们在一个劲儿地催他。

终于，他吓得半死不活地钻到自己那张高高的床前。

“呼噜，呼噜……”

原来，这是一只白兔躺在松软的床上打呼噜哩。

众兽笑得前仰后合，在地上直打滚：

“原来是只兔子！狗獾让兔子给吓坏了！”

“哈——哈——哈！哈——哈——哈！”

“狗獾，看你羞得往哪里躲吧，居然动员起一支大军来对付一只兔子！”

“哈哈哈！哈哈！”

狗獾头也不抬，在暗自骂自己：

“听见家里有响声后，我干吗不进去看一看呢？干吗要去惊动整个阿尔泰的猛兽呀？”

然而这时兔子还在打呼噜。

狗獾火了，猛推了他一把，说：

“滚！谁让你在这里睡觉的？”

兔子醒了过来，瞪大了双眼！他在床前看见了狼、狐狸、猞猁、狼獾、野猫……

“好吧，”兔子想，“豁出去了！”

说时迟，那时快，只见他一蹦蹦到狗獾的脑门上，再从脑门上往下一蹦，转眼便钻进了灌木丛。

兔子的白肚皮把狗獾的脑门蹭得雪白，两只后爪在他的脸上留下两条白道。

众兽笑得更欢了：

“啊呀呀，狗獾老弟，你现在有多漂亮呀！哈——哈——哈！”

“快到水边去照照吧！”

狗獾摇摇晃晃地向林中之湖走去，在水中看到自己的影子后哭了起来：

“我这就去找熊告状去。”

他一去就说：

“熊爷爷，我向您鞠躬了！我来寻求您的庇护。昨夜我不在家，也没请客。可回到家后，听到屋里传出炸雷般的鼾声，我吓坏了……我惊动了众多的野兽，自己把家也给毁了。现在呢，您自己看吧，被兔子的肚皮一蹭，让他的两只爪子一挠，我的脑门和脸全变白了，而肇事者却头也不回地跑了。请您来断这个案子吧。”

熊看了一眼狗獾，后退几步后又看了一眼，大声吼道：

“你还来告状？你的脑袋本来像炭一般黑，现在额头和脸却白得就算是人也会眼红三分。可惜的是，我当时没站在你那个位置，兔子弄白的不是我的脸。真是太可惜了！”

说完，他伤心地叹了口气，慢条斯理地回自己的洞里去了。

从此狗獾的脑门和脸上就有了白道道。据说，他后来对这些白道道也习以为常了，甚至有时还忘不了吹嘘一通：

“瞧，兔子对我可真是够意思，我们永远都是好朋友。”

至于兔子都说了些什么，这谁也没听见。

贪婪的松鸡

（俄罗斯阿尔泰）

桦树掉下金色的叶子，落叶松掉下金色的针叶。寒风飕飕，冷雨潇潇。夏天已经过去，秋天来到了。

众鸟该飞向暖和的地方了。七天来他们一直在林边集合，互相在打招呼：

“都到了吗？是不是都到齐了？还落下谁没有？”

只没听见松鸡的声音，也没看见他。

金雕用弯钩般的喙啄了干树枝一下，两下，命令一只小布谷鸟去叫松鸡。

布谷鸟把翅膀扇得呼呼响，向密林深处飞去。

松鸡还真的在那里，他正在一棵雪松上啄吃松球里的松子。

“尊敬的松鸡，”布谷鸟说，“众鸟都集合起来要飞向暖和的地方了，已经等了您七天七夜。”

“哼，太着急了！”松鸡吱吱地吼上几声，“还不到飞往暖和地方的时候嘛。这树林里还有这么多的松子和野果……莫非这些都要留给老鼠和松鼠不成？”

布谷鸟回来说：

“松鸡在嗑松子，他说还没到飞往温暖地方的时候。”

于是，这次金雕派麻利的隼去叫他。

隼飞到雪松跟前，围着树干飞了十圈，说：

“快走吧，松鸡，快走吧！”

“你倒是挺性急的嘛，要知道走远路前得把肚子填饱才是。”

隼摇了几下小尾巴，又围着雪松飞了几圈，飞走了。

“伟大的金雕，松鸡想在上远路前吃点东西，养精蓄锐。”

金雕怒不可遏，下令所有的鸟飞往暖和的地方。

松鸡呢，他又用了七天的时间从松球里啄吃松子，一直到第八天头上才缓了口气。他边用喙梳理羽毛，边自言自语：

“唉，我实在是无力把这些东西都吃光，扔下又太可惜，不过又有什么法子呢……”

说完，他吃力地扇动翅膀，向着林边飞去。

“这是怎么回事呢？”

不见其他的鸟，也听不见他们的声音。林中空地上空荡荡的，连终年常绿的雪松也全秃了。这是众鸟在这里等松鸡的时候，把松针都啄吃光了，雪松周围的地上覆盖了一层白色的鸟粪。

松鸡伤心地哭了起来，吱吱呀呀地叫道：

“他们也不等我就往暖和的地方飞去了……我自己怎么在这里过冬呢？”

一流泪，他那两道乌黑的眉毛也变红了。

就从那时起一直到今天，松鸡的孩子、孙子和重孙子，只要想起这件事，总要伤心地大哭一场，而且所有松鸡的眉毛都像花椒果一样火红。

为什么蚂蚁的腿是弯的

（俄罗斯）

隆冬腊月。树冻得发出噼噼啪啪的响声，脚下的雪咯吱咯吱地响，像地上撒满了碎玻璃，一只只可怜的野兽都被冻得透心冷。

在一个村子后面的森林里，勤劳的蚂蚁建造了一个很大的蚁穴，好让自己冬天不受冷冻之苦。一天早上，一只刺猬来到蚁穴门口。他冻得四条腿都已麻木，不无忌妒地看了看暖和的蚁穴，打算求蚂蚁让他进去避避寒。他想了想，轻轻地叩了几下门。

“谁呀？”一只蚂蚁在门后尖声问道。

“是我，刺猬。好心肠的蚂蚁，请让我进去吧。您要是不让我进去，我可就冻坏了。”

“我们的家太小，你的个子太大。”蚂蚁回答，“再说你满身都长着刺，会把我们都扎伤的，我们不能让你进屋。”

“我求您了，请让我进去吧，我绝不挤你们。告诉您吧，我只要在炉子一旁找个角落待下来，保证动都不动一下。”

“这我自己决定不了，”看门的蚂蚁回答，“等我进去问问别的蚂蚁吧。”说着，蚁穴的门关上了。

看门的蚂蚁很快回来，告诉刺猬说，可以让他进去。这一来刺猬真是喜出望外。只见他两步跑进蚁穴，果然在炉子下面找了个地方安顿下来。

可门关上以后，又传来了敲门声。

“又是谁来打搅我们啊？”看门的蚂蚁问。

“是我呀，狐狸。请让我进去待一会儿吧，我全身冻得都散架了，再说还有狗在后面追我呢。”

“我倒是可怜你，可就是不能放你进来，刺猬早已在我们这里了。”

“好心的蚂蚁，我求您了。就让我进去暖和暖和吧，我不会挤你们的。我往炉灶和墙中间一躺，保管一点儿声音也没有。”

“我去问问别的蚂蚁吧。”看门的蚂蚁把门关上了。

蚂蚁很快回来，告诉狐狸说，他可以进去。狐狸感到狗已经来到跟前，马上就钻进蚁穴，在炉灶和墙中间找了个地方安顿下来。可等他刚刚躺下，又传来了敲门声。这次来的是一只蛐蛐。

“今天真像是疯了似的！”看门的蚂蚁很不高兴，“来的又是谁呀？”

“是我，蛐蛐。我求您了，蚂蚁妹妹，请您收留我吧。凶残的鼹鼠捣毁了我的窝，我现在是无家可归了，再说现在外面有多冷啊！”蛐蛐回答。

看门的蚂蚁一开始说什么也不让蛐蛐进去，但禁不住他软磨硬泡，还是被他说动了。蛐蛐一下子钻进蚁穴，一跳跳到炉子旁边的椅子上，待稍稍暖和过来，便开始哼起欢快的曲子。众蚂蚁对他的歌声真是惊叹不已，就连狐狸也深深地被其歌声所打动。只见他从炉灶和墙中间跳到地上，开始翩翩起舞。他一跳，整个尾巴便展开来，老是去碰刺猬。刺猬大为恼火，狐狸当着众蚂蚁的面大骂刺猬，还对其大肆诽谤。蚂蚁们听信了他的话，当即决定要赶刺猬出去。刺猬千告饶万告饶，可蚂蚁就是不听，在狐狸的帮助下终于把刺猬推下蚁穴所盘踞的那座山丘。

“谢天谢地，终于摆脱那个浑身带刺的讨厌家伙了！”狐狸喜形于色，欢呼道，“现在你们听我的，蚂蚁们！咱们这里暖烘烘的，又有乐师，干吗不来举办个宴会呢？”

“大冬天里举办什么宴会？我们这里吃的东西都是按天预算的。”蚂蚁回答。

“别担心，这事由我来办！我请客。听我说，昨天我想吃鸡肉，就到城堡去了。刚一走近，就听见女主人在对女仆说：‘米茨卡，把这些准备后天吃的东西都送到下面去，还得注意‘对谁也不许说！’我心里却想道：‘我可听说了，我可知道了。’等到城堡里熄了灯，我钻到食物贮藏间去一看，她们搬到那里去的都是一些好吃的东西，真是应有尽有，馋得我直到现在都还在流口水。有各种各样的甜食，有烤菜，有鸡鸭，角落里还有一大桶名酒。我吃了一只炸火鸡。怎么样，我去给你们把这些好吃的都弄来？对我来说这完全不费力，因为那里的窗户是敞着的，那只叫苏丹的狗又早已死去一个星期了。你们快准备好一只袋子吧，晚上我就去跑一趟。”

众蚂蚁很快便找来一只袋子，因为他们太想美美地吃一顿了。晚上，狐狸提上袋子，便到城堡去了。他从窗户钻进食物贮藏间，把好吃的东西都往袋子里装，又从窗户爬出来，然后直奔蚁穴。狐狸就这样跑了好几趟，一直到把贮藏间里的美味食物都搬空了为止。最后一次，他匆匆忙忙地吃了一整只火腿，把骨头吐在窗台上。

众蚂蚁看着这些好吃的东西，不禁连声赞叹，都不知道该吃什么好。突然，只听见蛐蛐可怜兮兮地说道："你们把我都忘了啊！我唱了一整天，嗓子都干了，你们答应给我喝的酒在哪儿呢？"

"你们有瓶子吗？"狐狸问蚂蚁们，"我现在就去弄酒来，急忙中我还真把酒给忘到九霄云外去了。"

众蚂蚁马上去弄来酒瓶。狐狸将它们装进袋子里，又一次到城堡去了。

狐狸把酒弄回来，蚁穴里大家可开心了。蚂蚁吃饱喝足后开始跳舞，它们同狐狸满蚁穴里转着圈儿地跳。由于狐狸动作笨拙，个子又比蚂蚁大许多，把许多蚂蚁的腿都压折了。

译后记

记得年少时候，我曾多次缠住大人，要他们给我讲童话。

等我当上父亲，儿女们也缠住我，要我给他们讲童话。看来，凡是儿童都爱听童话。

于是，我早就发愿将来要编一本童话书。

上世纪八九十年代，机缘巧合，当时我还在国家图书馆工作。因为借阅方便，我几乎阅尽了用俄文出版的世界各国、各地区、各民族的民间故事图书和报刊，收集并翻译了近 1000 多个民间故事，其中包括大量的动物童话。

这些动物童话，用拟人化的手法描写了动物的善良、勇敢、聪明、伶俐、愚笨、狡猾、胆小和自私暴戾等种种天性，以及在这些天性基础上所构成的相互之间的关系。故事格调轻逸，富有情趣，适合儿童和学生阅读，也适合家长和教师讲读，对陶冶儿童天真善良、纯真无邪的性格，扩大他们的知识面和培养他们良好的品质，都是不无裨益的。值得指出的是，由于一种动物收录多篇童话，自然就屏弃了那种脸谱化的现象。在一般故事里，兔子胆小，狐狸狡猾，这似乎已成定论；可是在这本书里，有忠厚的兔子，有聪明的兔子，有黑心肠的兔子，不用说也有胆小的兔子，这才真正反映了动物多姿多彩的内心世界。

大千世界有三千多万种动物。如果说，一种动物一个童话，那也会有三千多万个；何况其中有些动物，像狐狸、狼和兔子，关于它们的童话何止一个十个。所以，我敢说，我所选译的这些童话远不及所有动物童话故事的万一。

但如果这套书能受到大小读者的欢迎，那我会感到无比的欣慰。

译者

2017 年 6 月 20 日

于中央民族大学南路紫竹斋